희망
정거장에 온
아이들

희망 정거장에 온 아이들

초판 1쇄 2022년 5월 20일

글쓴이 | 박경희

펴낸곳 | 도서출판 단비
펴낸이 | 김준연
편 집 | 김정민

등 록 | 2003년 3월 24일(제2012-000149호)
주 소 | 경기도 고양시 일산서구 고양대로 724-17, 304동 2503호(일산동, 산들마을)
전 화 | 02-322-0268
팩 스 | 02-322-0271
전자우편 | rainwelcome@hanmail.net

ISBN 979-11-6350-063-6 43810
        978-89-967987-4-3 (세트)

값 12,000원

희망
정거장에 온
아이들

박경희 장편소설

3부
만남, 분홍 벽돌집

1부

도윤,
노랑 신호등

새벽안개

새벽안개가 시야를 가린다. 아지트에 흐물흐물 어렴풋한 형체가 보인다. 웅이 비틀비틀 그 앞으로 다가간다.

'먹이다!'

노숙자를 째려보는 웅의 눈이 내게 말한다. 게슴츠레한 눈으로 웅을 바라보는 노숙자의 엉겨 붙은 머리가 오랫동안 목욕조차 하지 못한 것 같다. 웅이 어깨를 흔들며 두 손을 탁탁 턴다. 꼬나물었던 담배를 노숙자 앞으로 뱉는다. 담배꽁초가 마지막 불꽃을 튕기며 뒹군다. 노숙자가 풀어진 눈으로 웅을 쳐다본다.

"뭘 봐! 씨발!"

웅이 눈에 핏발을 세우고 노숙자의 손에 들려진 술병을 발로 걷어찬다.

"왜, 왜 그려, 내, 내, 내 술, 술……."

노숙자가 두 손을 허우적거리며 웅의 발길에 박살 난 술병을 더듬는다. 일어설 힘조차 없어 보인다. 나는 어떻게든 노숙자를 피하게 하고 싶다.

"야, 으스스한데 찜질방에 가서 몸이나 풀자."

나는 웅의 다음 행동이 겁이 나 다짜고짜 웅의 팔을 잡고 말한다.

"찜질방? 븅신, 뭣하러 돈 들여 몸을 푸냐? 자, 몸 푸는 거 보고 싶냐?"

순간, 웅의 발길질에 노숙자가 그대로 고꾸라져 머리를 바닥에 박는다.

"으으으, 내 수울, 아이구구, 아퍼."

혀 꼬부라진 소리로 노숙자가 신음을 내뱉는다. 웅이 노숙자의 옆구리를 가차 없이 걷어찬다. 웅은 날 시험이라도 하듯, 실실 웃으며 바라본다.

"뭐해! 넌 구경만 하냐? 몸 안 풀어! 왜? 이러는 내가 못마땅하다 이거냐?"

공원에는 안개만 자욱할 뿐, 아무도 보이지 않는다. 웅의 눈에 나를 향한 경멸의 불꽃이 튄다. 노숙자를 아예 밟아버리고도 성에 차지 않는 듯 엎어놓고 또 발길질이다. 웅의 모습 속에서 시시때때로 나를 짓밟던 똥통의 그림자가 어린다. 분노가 치민다.

'그래, 나라고 못할 게 뭐야. 밟아버리자.'

어느새 내 발길에 노숙자가 널브러져 있다. 지금 웅의 손아귀에서 빠져나간다는 것은 이미 늦었다. 그렇다고 이대로 웅을 심판하듯 바라볼 수도 없다. 웅을 자극하지 않는 길은 웅과 함께 행동하는 것이다. 그동안 집단 싸움이 있을 때마다 용케 빠져나올 수 있었던 것은 행운이었다. 그러나 오늘만은 웅의 안테나에서 벗어날 수 없다. 그때 웅보다 내 발길에 힘이 들어가 있음을 느낀다. 처음이다. 누군가를 이토록 죽을힘을 다해 때려본 것은. 나는 스스로 최면을 건다. 나의 발에 차이는 사람은 노숙자가 아니다. 내 목을 짓밟던 똥통, 날 미워하던 똥통이다. 또 있다. 사진만으로 존재하는 그 작자와 나를 문제아라 손가락질하던 세상 사람들이다. 노숙자가 죽은 듯이 널브러져 꼼짝을 않는다.

"아예 죽여 버려!"

웅이 소리친다. 그때였다.

"야옹! 야아옹!"

어디서 나타났는지 고양이 무리가 우리를 노려본다. 아지트 주변을 배회하며 먹이를 찾던 고양이 떼거리다. 얼룩무늬 고양이와 눈이 마주친다. 지아가 가장 아끼는 얼룩 고양이. 뭔가 불길하다. 죽은 걸까. 나는 꿈속처럼 몽롱한 기분에 휩싸인다.

"몸 풀고 감상하냐? 재수 옴 붙어, 인마!"

웅이 노숙자를 향해 퉤, 침을 뱉는다.

"튀자!"

웅이 명령하듯 짧게 말한다. 웅과 함께 창신동 언덕 쪽으로 몸을 돌릴 때였다. 시커먼 물체가 골목 끝에서 황급히 달아난다.

"뭐야! 붙잡아!"

웅이 바람처럼 달려간다. 나도 무작정 쫓는다. '목격자!' 아찔하다. 꺾어진 골목 끝에서 검은 그림자가 뭔가에 걸려 넘어진다. 웅이 야생독수리처럼 그 위를 덮친다. 검은 그림자의 체크무늬 남방에서 단추가 떨어진다. 여자처럼 연약해 보이는 가슴팍이 드러난다. 계집애 같은 그의 눈이 공포에 질려 있다. 순진한 대학생티가 난다.

"어쩌냐?"

"꼴통에게서 싹 지워버려야지."

"다짐받고 그냥 보내주면 안 될까?"

"뭘 믿고? 이런 븅신! 너 정신 나갔냐?"

"전, 아무것도 안 봤어요. 정말이에요."

대학생이 절절한 눈빛으로 빌었다.

"그래, 봐선 안 될 걸 봤다는 말이지? 어쩌냐? 재수 옴 붙었으니."

웅의 눈길이 매섭다. 어쩌면 나는 대학생보다 더 웅을 두려워하고 있는지도 모른다. 웅이 나를 노려본다.

"저렇게 얼빵한 놈들이 더 무서운 거야. 어쭙잖은 동정심이 네 발목을 잡는다는 것 잊지 마. 아예 쳐 죽이고 튀는 게 길이야, 새꺄."

웅은 명령도 부족해 협박이다. 솔직히 더는 피를 보고 싶지 않다.

순간 대학생이 도망치려고 몸을 튼다. 웅이 바람같이 대학생의 턱을 가격한다. 대학생이 윽, 비명을 지르며 입술에서 붉은 피를 토한다.

나와 대학생의 눈이 잠시 마주친다. 단 한 번도 누군가를 속인다거나 때려 본 적이 없을 것 같이 착한 눈동자, 공포로 새파랗게 변한 입술, 큰 키에 가녀린 손목이 한 번만 쳐도 금방 쓰러질 것 같다. 미아처럼 떨고 있는 모습이 안쓰럽다. 웅의 패거리에게 당한 경험으로 안다. 무방비 상태에서 당하는 폭력의 순간이 얼마나 무서운지. 하지만 나에게는 상황을 바꿀 힘이 없다.

"왜 그래, 또 감상하냐? 이렇게 치란 말야. 사정없이! 죽을힘을 다해!"

웅이 대학생의 뒤통수를 후려친다. 대학생이 볏짚단처럼 푹, 고꾸라진다. 웅이 점점 더 난폭해진다.

"이런 놈은 끝장을 봐야 해. 자, 마무리해."

웅이 내 팔을 끌어 대학생의 얼굴에 댄다. 이대로 팔을 내렸다간 웅이 어떻게 나올지 모른다. 나는 명령 받은 로봇처럼 대학생의 목을 감는다.

"죄……송……해……요."

'내가 더 미안해.'

속으로 외쳤다. 잠시 정적이 감돈다. 대학생이 죽었나 싶어 유심히 살핀다. 아뿔싸. 어이없게도 오줌을 지리고 있다. 눈이 마주치자 대학생이 황급히 고개를 돌린다. 민망하긴 나도 마찬가지다. 나는 이 정도에서 대학생을 풀어주려 웅의 눈치를 살핀다. 웅은 나에게 한시도 눈을 떼지 않고 지켜보고 있다. 알 수 없는 분노가 이글거렸다. 그건 웅을 향한 것일 수도, 나를 향한 것일 수도 있다. 나의 분노에 불을 붙인 건 대학생의 나약한 말이다.

"죄송해요. 살려 주세요. 제발……."

대학생이 벼랑 끝에 선 사람처럼 빌고 또 빈다. 은근히 화가 난다. 내 눈에 힘이 들어간다. 나는 대학생의 양 뺨을 탁구공 튀기듯 갈긴다.

"뭐가 죄송해? 이 븅신아."

나보다 분명 나이가 많은 대학생이, 비열한 모습을 보이는 것이 맘에 안 든다. 나도 무방비 상태에서 집단 폭력을 당했을 때, 똑같은 모습을 보일 수밖에 없었다. 그의 모습 속에 나의 어제가 들어있었다. 그래서 더욱 화가 났는지도 모른다. 내가 일진에 포섭되던 그때를 생각하던 순간, 망설인다고 대학생은 판단한 것 같다.

"제발 도와주세요. 은혜는 평생 잊지 않을게요."

대학생이 애처롭게 말한다. 그 말을 듣는 순간, 마음 깊은 곳에 숨어있던 악마가 충동질한다. 예상치 못한 일이다.

"너같이 얼빵한 놈 땜에 우리 같은 양아치들이 더 기승을 부리는 거야, 씹탱아!"

그를 때리며 나도 모르게 험한 욕을 쏟아붓는다. 실낱 같은 양심도 벗어 나뭇가지로 던져 버린다. 대학생은 어쩔 줄 몰라 절절매며

땅바닥을 긴다.

"뭐가 죄송한데? 이유를 대 봐. 말 못하면 오늘이 네 장삿날인 줄 알아."

나는 최대한 악랄한 표정으로 눈을 부라린다. 남을 때리는 것도 탄력이 붙는 것일까. 빌빌대는 놈의 턱을 강타한다. 그가 쓰러진다. 처절할 만큼 신음이 무겁게 들린다.

그때, '휘리릭! 휘릭!' 형사 세 명이 호루라기를 불며 달려온다.

"튀어!"

웅이 소리친다. 마로니에 공원을 빠져나와 창신동 언덕 방향으로 몸을 튼다. 나의 뒷덜미에 거친 손이 닿는다. 형사다. 회색 제복을 돌아보는 순간, 덜컹 손목에 은팔찌가 채워진다.

형사의 손에 이끌려 현장으로 간다. 언제 잡혔는지 웅이 수갑을 찬 채 허리를 굽히고 연신 빌고 있다. 현장에는 술 냄새가 풀풀 풍기는 노숙자가 얼굴에 피멍이 든 채 부축을 받으며 구급차에 실리고 있다. 처참하게 일그러진 대학생 얼굴도 보인다.

'죽지는 않았구나!'

안도의 숨이 쉬어진다. 몇몇 행인들과 회색 제복을 입은 형사들이 분주하게 움직이고 있다.

너희는 묵비권을 행사할 수 있다.

너희가 하는 모든 발언이 법정에서 불리하게 작용할 수 있으며 너희는 변호인의 조언을 받을 수 있는 권리가 있다.

형사가 형식적으로 미란다 원칙을 읊조린다. 웅과 눈이 마주치자 현기증이 인다. 엄마의 얼굴이 새벽안개 속에 아른거린다. 아무 일도 없었다는 듯 고양이 떼가 언덕배기를 어슬렁거린다. 그중에 가장 눈에 띄는 얼룩 고양이가 나를 째려보고 있다. 지아의 얼굴이 오버랩 된다.

나는 학생이 아니다 —

지금 상황이 꿈만 같다.

경찰차에 실려 가면서도 실감이 나지 않았다. 그러나 모든 것을 포기한 듯 넋을 놓고 있는 웅을 보자, 필름 돌아가듯 지금까지의 일들이 스쳐 갔다.

자정을 넘기면서 안개가 더욱 짙어졌다. 공원의 나무들이 안개 바다 위를 떠다니는 것 같았다. 안개비가 내 머리를 적셨다. 차다. 웅도 추운지 잔뜩 웅크리고 앉아 있다. 초저녁부터 배회하던 도둑 고양이들도 잠이 들었는지 조용하다. 따뜻한 방이 그립다. 핸드폰을 열어 본다. 부재중 전화가 여섯 통이나 들어와 있다. 엄마다. 가슴이 오그라드는 것 같다. 엄마는 이 시간까지 나를 기다리고 있겠지. 응을 살핀다. 피곤한 모습으로 졸고 있다.

'집으로 들어가자.'

나는 딴 사람에게 말하듯 중얼거렸다. 홀로 방을 지키고 있을 내 책, 통기타, 영화잡지 등이 눈앞에 아른거렸다. 장 피에르 디르덴 감독의 〈아들〉은 수작이었다. 우발적이긴 하지만 아들을 죽인 범인을 보호관찰 차원에서 지도하게 된 아버지의 심리가 사실적으로 그려진 영화다. 증오와 용서의 심리를 신랄하게 그린 영화를 보던 날은 밤새 뒤척였다. 담담하게 아버지 역할을 한 올리비에 구르메를 보는 내내, 엄마 수첩 속에 붙박이로 사는 남자가 떠올랐다. 사진 속의 남자는 눈빛이 강렬했다. 올리비에 구르메의 눈빛처럼. 나는 눈빛이 강한 남자만 보면, 사진 속의 남자가 떠올랐다. 존재론적인 그리움일까. 공교롭게도 그날 동네 영화방 〈필름 이야기〉에서 본 평론가 아저씨 얼굴 또한 올리비에를 닮은 것 같다.

"우리 집 단골 학생인데 영화를 보는 눈이 남달라. 서사보다는 영화 속에 깊이 내재한 의미도 찾아낼 줄 알고, 영화 음악도 나보다 더 많이 아는 것 같고 말야. 아무튼 영화 비평가인 자네하고 이야기해도 별로 막히지 않을걸. 아 참, 인사해라. 아저씨 후밴데 문화 비평가다. 주로 영화평을 하지. 창신동 언덕배기에 사니까 종종 만날 수 있을 거야."

젊었을 때 감독 지망생이었다는 주인아저씨는 꽁지머리에 수염을 기른 털보 아저씨를 다짜고짜 내게 소개했다. 얼떨결에 인사를 한 뒤, 그를 보았다. 그는 나를 유심히 쳐다보았다. 강렬한 눈빛에 빨려 들어갈 것만 같았다. 나는 털보 아저씨의 눈빛을 보며 엄마가 부적처럼 갖고 다니는 지갑 속 사진이 떠올렸다. 얼굴도 모르는 작자지만 분명 내 아버지 사진일 것이다.

"마니아들만 찾을 것 같아서 DVD가 두 장밖에 없어. 요즘도 이런 DVD 보는 학생이 있네. 나야 소장 목적인데, 특별히 너에게 빌려준다. 재밌게 보고 언제든 가져 와."

대답하고 가게 문을 나서려는데 아저씨가 뜬금없이 한마디 더한다.

"난 이 영화 좋던데, 영화 보고 나서 같이 얘기 나눠 보자. 이 동넨 그저 통속극 아니면 때려눕히는 것들만 찾으니, 얘기 나눌 사람이 없어. 음, 기왕이면 저 털보가 주로 오는 이 시간대에 와라. 전문가의 논평, 맨입으로 듣는 것도 괜찮지 않겠나?"

〈필름 이야기〉 아저씨가 '털보'라고 해서인지 그의 얼굴이 온통 털로 범벅이 된 것처럼 느껴졌다. 소리 없이 웃는 모습이 히말라야 깊은 산속에 사는 사람 같다. 그날 이후 〈필름 이야기〉에는 가질 못했다. 아저씨가 날 기다렸을 것으로 생각하니 마음이 편치 않다.

다시 웅의 얼굴을 살핀다. 집에 들어갔다가 웅이 깨기 전 다시 나오면 될 것이다. 자리에서 일어서자 다리가 휘청거렸다. 새벽까지 꼭지가 돌도록 마신 탓이다. 정신을 차리려 안간힘을 썼다. 웅을 의자에 기대게 한 뒤 깔고 있던 신문지로 덮어줬다. 웅의 우람한 몸이 잠시 꿈틀대는가 싶더니 이내 잠이 들었다. 휴, 안도의 숨을 내쉰다.

나는 발뒤꿈치를 들고 걸었다. 뒹굴던 낙엽이 바스락 소리를 내며 밟혔다. 떨어진 낙엽의 몰골이 볼썽사납다. 잠시 후면 쓰레기통으로 들어가겠지. 쓰레기 같은 놈. 그 순간 똥통의 말이 떠올랐다. 가슴이 아렸다. 똥통의 얼굴을 지우려 일부러 발걸음을 재촉할 때였다.

"의리 없는 놈……. 여태껏 너 기분 맞추느라 술 마셔 줬더니 혼자 토끼냐. 존나 싸가지 없네. 너 혼자 따뜻한 방에서 자려구?"

웅이 의자에서 몸을 일으키며 나를 노려본다.

"어, 아, 아냐. 언제 일어났어? 집에 잠깐 다녀오려고. 가져올 것도 있고 해서."

웅의 얼굴에 내가 비겁해 보일까 봐 신경이 곤두섰다.

"핑계 대지 마, 새꺄!"

웅의 눈에 핏발이 섰다. 사고 칠 때마다 보이는 특유의 눈빛이었다. 이쯤이면 웅을 달래야 한다. 어서 수습해야 해. 나는 웅에게 최대한 선처를 구하는 모습을 보였다.

"너 잠 깨기 전 나오려 했어. 돈도 다 떨어졌고, 먹을 것도 필요하고……."

비참했다. 하지만 어쩔 수 없었다. 순간의 비굴함이 큰 사고를 막을 수 있다면 더 비굴해질 수도 있다.

웅이 벌떡 일어나 아지트 쪽으로 걸었다.

창신동 동산 언덕배기에 이런 동굴이 있다는 건 아무도 모른다.

동굴은 텅 빌 때가 많다. 웅이 아지트를 발견하고 우쭐대던 날, 멤버는 축하 파티를 열었다. 내가 집에서 가져온 오징어볶음에 소맥 파티를 했다. 비가 와도 걱정 없다. 반 지하 동굴이라 지나가는 사람들 눈에 잘 띄지 않는 것도 마음에 들었다. 아지트 입구에 작은 화단도 있다. 화단이라고 해야 잡초들만 무성할 뿐이지만, 간혹 가시엉겅퀴꽃이 피기도 한다. 아지트가 생기면서 우리 멤버들은 가시엉겅퀴처럼 더욱 끈끈해졌다.

아지트는 공간이 꽤 넓다. 우리 멤버가 뒹굴고도 여백이 있었다. 웅은 동굴에 같이 머물 이웃을 골랐다. 웅에게 선택된 이웃이 얼굴도 반반하고 몸매가 되는 칠공주파다.

오늘은 이웃 아지트가 초저녁부터 조용하다. 요즘 칠공주파는 아지트에 자주 나오지 않는다. 모두 아르바이트 하느라 바쁜 것 같다. 무슨 아르바이트를 하는지는 알 수 없다. 다만, 아지트 구석에서 사복으로 갈아입고 화장까지 하고 나가는 걸 보면, 수상쩍긴 하다.

지아를 아지트에서 처음 본 날, 검고 큰 눈동자에 약간 장난기 있는 모습이 인상적이었다. 그 애 또한 날 보자마자 약간 수줍어하는 걸로 보아 내가 맘에 들었던 것 같다.

어젯밤 아지트에서 얼마나 많이 마셨는지 모른다. 신물이 나도록 마시다 남긴 술이 아직도 아지트에 뒹굴 것이다. 자신의 한계를 넘어 계속 마셔야 하는 것은 고문이다. 그러나 어제 그 순간만큼은 웅이 건네는 것이 비록 독약일지라도 마시지 않을 수 없었다. 자퇴

서를 낸 나를 위해 파티를 마련해 준 성의를 무시할 수 없어 미친
듯 술을 마셨다. 어둠이 도둑처럼 찾아왔다. 나는 아지트를 나와 창
신동 언덕배기에 서 외쳐댔다.

나는 자유인이다
나는 떠돌이다
나는 학생이 아니다

나의 말이 바람을 타고 밤공기를 타고 흩날렸다. 두 손으로 가슴
을 칠 때마다 재수 없는 뚱뚱의 얼굴이 자꾸만 떠오르는 건 왜였을
까. 화가 날 때마다 생각나는 인간이 또 있었다. 내게 유전자만 뿌
려놓고 익명으로 사라진 작자. 그는 왜 엄마를 버렸을까. 엄마는 왜
혼자 날 키워야만 했을까. 지난밤 그 더러운 기분을 씻어내려는 듯
외치고 또 외쳤다.

나는……
나는……
나는……

연신 술을 마시던 웅도 일어나 짐승처럼 소리를 질렀다. 울림이
너무 서글펐다. 평화롭던 언덕배기가 나의 슬픔으로 출렁거렸다. 새

벽이 되면서 안개에 휩싸였다. 폭음 후에 오는 허무보다 더 독한 게 뭘까. 앞뒤도 분간할 수 없는 짙은 안개가 혼돈의 바다에 빠진 것처럼 느껴진다. 웅의 걸음도 나의 걸음도 비틀거린다. 잠 못 든 두 영혼이 개구리밥처럼 떠돌고 있는데 안개가 더 짙게 내린다. 아지트가 가까워지고 있다. 빨리 저곳에 가서 몸을 누이고 싶었다. 그때 눈이 번쩍 뜨였다.

'왜 하필 우리들의 아지트에 노숙자가 침입했을까. 그렇지 않았다면 은팔찌 찰 일도 없었을 텐데.'

우
리
의 수
칙
—

수갑을 찬 채 경찰서 안으로 들어선다. 퀴퀴한 냄새가 진동한다. 한눈에 범죄자임을 알아볼 수 있을 정도로 험악한 인상의 남자가 조사를 받고 있다. 컴퓨터에 코를 박고 있거나 전화를 하는 등 형사 모두 분주해 보였다.

웅은 그들의 눈을 피해 나지막이 그러나 강하게 말했다.

"너, 배신 때리기 없기다. 우리의 수칙, 잊지 마라."

"……"

"짭새에게 잡혔을 때 지켜야 할 우리의 수칙…….."

"알았어."

그제야 웅은 안심한 듯 옅은 미소를 보냈다.

사고 현장에서 잡히면 무조건 초범이 주범이 되어야 한다.

우리의 수칙이다. 웅이 시간 날 때마다 주입한 명령. 절대 거부할 수 없는 고리다. 웅의 말을 듣는 순간, 손에 수갑이 채워진 게 실감이 난다. 왠지 불안하다. 내가 경찰서에 끌려 왔다는 걸 알면 엄마는 기절할지도 모른다.

우리를 끌고 온 형사가 소년계 형사에게 인수하고 나간다. 담당 형사는 두 명이다. 웅과 나는 공범이라 따로 심문을 받은 뒤, 집계해서 조서를 꾸민다고 한다. 웅은 다른 방으로 조사를 받으러 들어간다. 웅은 나를 향해 V자를 그어 보인다. 자신의 명령을 따르라는 신호다. 짧은 머리에 눈썹이 짙은 형사가 무섭게 날 쳐다본다.

"마빡에 피도 안 마른 놈들이 왜 사람을 쳐? 도대체 학생인지 깡패들인지 요즘 애들 알다가도 모르겠다니까?"

형사의 비아냥거리는 말투가 신경을 건드린다. 똥통의 말투와 닮았다. 학생이라는 말에, 자퇴서를 내기까지의 일들이 필름 돌아가듯 떠오른다.

"주제 사라마구의 〈눈먼 자들의 도시〉라? 제법인데. 머리에 똥만 가득 든 주제에 노벨 작품상 읽으면 좀 폼나 보일 것 같냐?"

나는 똥통을 이해할 수 없었다. 나는 아무 짓도 안 했다. 다만 공부가 싫어 조용히 책을 읽었을 뿐이다. 더군다나 자율학습 시간 아닌

가. 난 똥통이 교무실에 간 사이 다시 책 속으로 들어갔다. 눈먼 자를 보기만 해도 사람들이 눈이 멀고 도시 전체가 아수라장이 된다는 설정부터가 놀라웠다. 역시 노벨상은 아무나 받는 건 아니야. 나는 감탄을 하며 책장을 넘겼다. 나중엔 어떻게 될까, 궁금해서 견딜 수가 없었다. 나는 학교가 내 방으로 착각될 정도로 몰입했다. 순간, 예감이 좋지 않아 책에서 눈을 떼고 위를 올려다보았다. 똥통이 이글거리는 눈으로 나를 내려다보고 있었다. 왠지 화가 난 것 같았다.

"이 새끼가……정말 정신 못 차리네. 책 읽는 거 맞아? 날 무시하는 거냐? 너 같은 놈들은 알 수가 없다니까. 책이나 끼고 다니면 좀 달라 보이는 줄 아나 보지? 똥은 그저 똥일 뿐이야."

내 얼굴이 오히려 화끈거렸다. 마흔이 넘은 어른이 열여섯 살밖에 안 된 제자에게 이토록 심한 말을 하는 이유를 알 수 없었다. 나는 똥통이 인격에 문제가 있는 사람이라고 생각하기로 했다. 똥통이 나를 똥으로 보듯 나 역시 똥통을 무시하는 수밖에 없었다. 나는 신경질적으로 책을 집어넣었다. 똥통이 기다렸다는 듯 비아냥거렸다.

"왜 내 말 틀렸냐? 네가 속한 일진 소탕 작전이 내려졌다는 것 모르지? 우리 반에 너 같은 놈이 있어서 전체 분위기 물 타고, 반 평균 바닥으로 끌어 내리고, 학교에서는 책 나부랭이나 읽거나 아니면 엎드려 잠이나 자고, 밤이면 싸돌아다니며 사고나 치는 것들……. 너 같은 쓰레기들은 깡그리 쓸어 버려야 해."

똥통은 파란 테이프를 둘둘 감은 막대기로 나의 머리통을 톡, 톡 쳤다. 리드미컬하게 박자를 맞춰가며. 머리가 아파 손을 위로 올리려는데, 주머니에서 핸드폰이 떨어졌다. 그건 순전히 우연이었다. 똥통의 얼굴이 험악해졌다.

"뭐야? 이 막대기를 핸드폰으로 찍겠다고? 내가 겁낼 줄 알았냐? 인터넷에 올리든 교육청에 알리든, 네가 일진 멤버라는 거 세상 사람들에게 알리게 되는 꼴만 되는 거지."

가슴이 콱 막혔다. 내가 일진 멤버라는 것이 문제였다. 선생들은 일진을 독충으로 분류해 놓았다. 그뿐인가. 제거해야 할 대상이며 암적인 존재라고 교실마다 다니며 공공연하게 말했다.

일진. 그들이 쳐놓은 덫에 걸리긴 했지만, 나 역시 적극적으로 그곳을 나오려 애쓰지 않았다. 한번 얽히면 몸부림이 허사라는 걸 알기 때문이었다. 이상하게 일진 멤버들과 있으면 동질감을 느낄 때가 많았다. 아웃사이더. 한번 문제아로 찍힌 문제아는 영원히 문제아다. 그런 존재를 그나마 인정해 주는 곳이 바로 일진 멤버다. 무엇보다 웅에 대한 의리와 연민 때문에 쉽게 벗어날 자신이 없었다. 일진 때문에 당하는 형벌이라면 감당해야 한다는 생각이 들었다.

그날 점심시간이 끝난 후, 체육 시간을 알리는 종이 울리자 갑자기 마음이 불안했다. 미처 체육복을 챙기지 못했기 때문이다. 옆 반에서 빌릴까 하다 그냥 교복 차림으로 운동장에 나갔다. 그게 화근이었다. 자율학습 시간에 갈구다 만 것이 성에 덜 찼는지, 똥통은 다짜고짜 운동장 열 바퀴를 돌라고 했다. 예전처럼 무턱대고 매타작을 해봤자 골치만 아프다는 걸 아는 똥통은 당구봉으로 나를 쪼는 대신 대꾸하지 못할 놈들을 골라 쿡쿡 찌르며 잔소리를 퍼붓는다. 눈과 입은 나를 향한 채. 그럴수록 나는 쪼그라드는 아이들을 주시하며 똥통을 째려본다. 나도 모르게 비웃음이 나왔다.

"이놈 봐라, 웃어? 날 비웃는 거야? 건방진 새끼."

이제 똥통은 참을 수 없는 분노의 낯빛으로 생트집을 잡으며 당구봉 끝으로 아이들 몸을 쑤셔댄다. 똥통에게 하는 소리인지 나에게 하는 소리인지 분간할 수 없는 욕설들이 여기저기서 들려온다.

시끄러워. 똥통의 목소리가 운동장에 울려 퍼졌다. 시끄러워. 메아리가 되어 돌아오는 그의 목소리에 소름이 돋았다.

똥통은 늘 그랬듯 그것으로 끝내지 않았다. 그는 나의 가장 아픈 상처에 소금을 뿌려댔다.

"천하에 양아치 놈. 아비 없이 너 같은 놈 낳아 키우느라 똥줄 탈 네 어미가 불쌍타. 하긴 그 어미에 그 아들이겠지만."

꼭지가 돌았다. 나를 모욕하는 것까지는 참을 수 있었다. 아니, 참아야 한다. 내 앞에 있는 사람은 적어도 선생이니까. 그러나 자꾸만 엄마를 들먹이는 것은 견딜 수 없었다. 너무 비열하지 않은가.

나는 똥통을 노려보았다. 온몸이 뜨거워졌다. 나를 제어할 수조차 없었다. 하지만 부글거리는 속과는 달리 겉으로는 침착했다. 놀라웠다, 나 자신도.

"선생님의 부모님은 그렇게 가르치셨나요? 싹수 안 보이는 제자는 무조건 깔아뭉개고 짓밟으라고. 제자의 상처에 소금 팍팍 뿌리는 말로 피멍 들게 하라고요."

낮게, 그러나 힘을 실은 나의 목소리에 똥통은 놀라는 듯했다. 담담하게 말은 했지만 나도 모르게 눈가가 젖어왔다. 뜨거운 물기가 얼굴을 덮었다. 속으로는 절대 눈물을 보여서는 안 된다고 수없이 외쳤다. 그러나 그동안 쌓아 온 가슴 속의 응어리가 봇물 터지듯 터지면서 제어할 수가 없었다.

"제가 부모를 선택해서 태어날 수는 없는 거잖아요. 그래요, 저 아버지 없습니다. 그런데 왜 아버지가 없다는 이유만으로 이토록 수모를 당해야 합니까?"

"싹수없는 놈."

나는 분명 보았다. 똥통의 눈에서 뿜어내는 살기와 경멸의 빛을. 똥통은 나를 땅에 눕히려 했다. 나는 힘껏 선생을 밀쳐냈다. 퉁, 하고 둔탁한 소리가 났다. 거목이 쓰러지는 것 같았다. 불길한 느낌이 스쳐 갔다. 나의 인생이 끝나고 있다는 예감이 들었다. 학생들이 우르르 몰려 와 똥통을 일으키려 애썼다. 똥통의 얼굴 위로 한낮의 햇살이 내리비쳤다. 잠시 후, 똥통이 학생들의 손을 제지하고 유연하게 일어났다. 역시 30년지기 체육 선생답다. 잠시 학생들을 둘러보더니 이내 침착해졌다. 어깨에 잔뜩 힘을 넣은 자세로 나를 쳐다보았다. 분을 삭이느라 애쓰는 모습이 역력했다. 똥통은 반장에게 편을 갈라 축구 시합을 하라고 시켰다. 그리고 최대한 위엄을 실은 목소리로 나에게 명령했다.

"따라 와!"

교무실에는 수업 중이라 남아 있는 선생들이 별로 없었다. 뭔가를 끼적이던 몇몇 선생들이 나를 보자 한마디씩 던졌다.

"또 저 녀석이군. 외모는 번듯하니 잘 생겨서 하는 짓은 왜 저런지, 쯧쯧……."

"하루도 그냥 넘어가질 못하는군. 네 담임 속 좀 작작 썩여라."

"이번 기회에 우리 학교 일진들 싸~악 정리를 해야지, 다른 애들까지 물들여서 큰일이라니까……."

똥통은 다른 선생들의 말이 끝나자 나를 불렀다.

"앉아."

의외로 차분한 똥통의 행동에 더 불안했다. 고함을 지르거나 때릴 줄 알았다. 똥통은 아무 말 없이 내 앞에 하얀 용지를 내밀었다. 자퇴서였다.

"말 그대로 자퇴서는 스스로 써야 하는 거다. 나는 강요하진 않는다. 네가 결정해라. 다만 너 같은 인간쓰레기와 또 마주치고 싶지 않다는 것은 알아야 한다."

강제로 쓰라는 말보다 더 강하게 들렸다. 더는 학교에 머물고 싶지 않았다. 나는 담담한 마음으로 자퇴서의 빈칸을 메꾸고 손도장을 찍었다.

아무리 악연으로 만난 사이라도 교사로서 한 학생에게 자퇴서를 강요하던 똥통의 행동은 절대 용납할 수 없었다. 일진 멤버를 제거하는 것을 기회로 훈장이라도 타려는 듯 보였다.

"엄마 도장도 찍어야 하니까, 서류 완성되면 가져와라. 내 얼굴 굳이 보지 않아도 되니, 책상 위에 놓고 나가."

똥통이 내 자퇴서를 바라보며 중얼거렸다. 나는 유유히 교무실을 나왔다.

학교를 때려치우면 홀가분할 줄 알았다. 그렇지 않았다. 체한 것처럼 가슴이 답답했다. 솔직히 말해 두려웠다. 시도 때도 없이 자신을 무시하고 얕잡아보던 똥통의 몰골을 보지 않아도 된다는 점만이 위로가 될 뿐이었다.

미친놈, 매부리코, 사악한 짐승.

나는 정문을 향해 내려오며 혼자 욕을 퍼부었다. 잠시 후 정문만 나서면 자유인이 될 것이다. '자유인'이라는 말이 입가에 맴도는 순간, 온몸이 짜릿해졌다. 결코 기분이 좋은 것은 아니지만, 그렇다고 마냥 두렵지도 않았다.

정문에 서서 학교를 바라보았다. 온통 회색빛이다. 특히 학교 담벼락으로 쌓은 회색 벽돌이 감옥 같다는 생각이 들었다. 교실도 회색이고 성모마리아상이 우뚝 선 학교 안 성당도 온통 회색이다. 오래된 건물이라서만은 아니었다. 학교 건물은 왜 모두 회색일까. 똥통의 얼굴도 늘 회색이었다. 똥통도 30년 동안 교사라는 직업으로 매일 같은 길을 걷는 게 지겨웠던 것일까.

회색 담벼락에 '내 집처럼 즐거운 학교'라는 문구가 써진 플래카드가 바람에 펄럭거렸다. 코웃음이 절로 나왔다. 엿 같은 소리다. 아이들에게 학교는 즐거운 곳이 아니다. 특히 나처럼 문제아 취급을 당하며 개취급이나 당하는 놈들에게 학교는 감옥이다.

'나는 지금 감옥에서 탈출 중인 셈인가. 핫하하'

나는 미친 듯 웃어젖혔다. 탈출에 성공하려면 어서 이 문에서 멀어져야 한다. 그 순간 마음속에서 엄마의 속삭임이 들린다.

'그래도 학교는 가야지.'

아침마다 학교 가기 싫어하는 나에게 엄마는 말했다. 파리한 얼굴로 나를 지켜보는 엄마의 목소리는 언제나 젖어 있었다. 엄마의 얼굴이 떠오르자 마음이 편치 않았다. 당장이라도 똥통 앞으로 달려가 내가 쓴 자퇴서를 찢어버려야 할 것만 같았다. 나 때문에 수모를 당하는 엄마에게 자퇴는 더 큰 대못을 박는 것일 수도 있었다.

'선생을 죽게 팬 놈이 용서받을 수 있을 것 같냐?'

'다시 시작해라.'

내 속에서 악마와 천사가 줄다리기를 했다.

어느새 발길은 창신동 언덕배기를 향해 달리고 있었다. 해 질 녘의 창신동 공원은 왠지 쓸쓸했다. 비둘기 몇 마리가 바닥에 바스러진 새우깡을 쪼고 있었다. 그 옆에 노숙자들이 널브러져 앉아 술을 펐다. 얼룩 고양이가 숲 사이로 후다닥 지나쳤다. 문득 지아의 얼굴이 스쳤다. 아지트를 향해 걸었다. 아지트에는 아직 아무도 없었다.

나는 핸드폰 메모 웹에 마음 가는 대로 끄적이는 것으로 시간을 죽였다.

나는 아무래도 보헤미안 기질이 있는 것 같다. 집 안에 있으면 답답해서 어디든 휘돌아쳐야만 살 것 같았다. 자연히 공부는 내게 멀어져 갔다. 수업 시간에는 책을 읽다 졸리면 엎드려 잤다. 그나마 내가 관심 있는 건 소설과 영화다. 책 읽는 것도 싫증이 나면 거리를 배회했다. 나는 따개비를 엎어놓은 듯한 창신동 골목을 휘젓고 다녔다.

그런 나를 눈여겨본 무리가 있었다. 운명이었다. 누군가 내게 말했다. 너같이 준수한 놈이 왜 일진 같은 데서 얼쩡거리냐고. 그건 모르는 소리다. 들어가는 것도 내 뜻이 아닌 것처럼 나오는 것 또한 마음대로 되는 게 아니었다. 어쩌면 신의 영역일지도 모른다.

그들의 그물망에 걸리던 날, 나는 창신동 언덕 으슥한 곳으로 끌려갔다. 이미 성인이 된 선배들까지 합세해서 나를 죽지 않을 만큼 때렸다. 이유는 없었다. 단지 그들의 레이다 망에 내가 계속 얼씬거렸다는 것이다. 그때 내가 할 수 있는 건 비는 것뿐이었다. 왜 비는지 얼마나 빌어야 하는지도 몰랐다. 무작정 빌어야만 살 것 같았다. 그 순간의 나는 인간이 아니었다. 그저 벌레에 불과했다. 빌면 빌수록 그들은 나를 무참히 밟았다. 코피가 터져 온몸이 피범벅이 된 나를 놓고 일진 짱이 비웃듯 미소를 지으며 말했다.

"넌, 스스로 이곳을 향해 걸어오고 있었어. 누굴 원망할 생각은 말아라."

초원의 말에게 낙인찍듯 짱은 담뱃불로 온몸을 지져 놓고 나서야 슬슬 회유하기 시작했다. 그때 나에게 손을 내민 놈이 웅이다. 웅은 선배들의 눈을 피해 귀띔을 해줬다.

'넌, 이미 덫에 걸렸어. 빠져나가려 애쓸수록 늪만 깊어질 뿐이다. 무조건 항복해.'

그때부터 웅은 내게 등대였다. 웅이 시키는 대로 일진 선배들에게 일일이 담뱃불을 붙여 준 뒤 각서를 썼다. 평생 동지가 되겠노라고.

웅과 함께 창신동 언덕을 내려오는데 길옆에 야생화들이 줄지어 피어 있었다. 그날따라 꽃들이 나를 위로해 주는 것 같았다. 풀숲에 들어가 노랗고 앙증맞은 꽃에 손을 댔다. 파르르 떠는 모습이 문득 안쓰럽게 느껴졌다.

"짜식, 계집애처럼."

웅이 앞서 걸으며 놀리듯 말했다. 풀숲을 나오는데 키가 멀쑥한 붉은 꽃이 보였다. 낯선 꽃이었다. 야생화라고 하기에는 어딘지 모르게 거칠고 억세 보였다. 생각 없이 꽃대에 손을 대는 순간, 손이 따끔했다. 그제야 가시가 있다는 걸 알았다. 어느새 꽃대에서 끈끈한 액이 손에 묻어 껌처럼 찐득거렸다.

엄
마
의 눈
물
—

"웅이 자신은 주범이 아니라고 발뺌을 하는데 사실이냐? 너 잘
생각해라. 친구 따라 강남 가는 게 아니라 소년원 간다. 지금 조서
잘못 꾸미면 평생 올가미에서 벗어날 수가 없어."

형사는 우리의 음모를 알기라도 하듯 다그친다. 중요한 건, 웅이
내가 주범이고 자신은 사고 현장에서 말리다 할 수 없이 가세했다
고 진술했다는 점이다. 내가 웅의 진술을 뒤집을 수는 없다. 나는
우리의 수칙을 지켜야만 한다.

조서는 웅이 자백한 것에 내가 동의하는 식으로 꾸며졌다. 싱겁
게 끝났다. 조서가 끝나자 형사는 우리를 경찰서 내에 있는 유치장
으로 안내한다. 웅과 나는 공범이라 각기 다른 유치장으로 들어가

라고 한다. 웅은 이번에도 또 V자를 그어 보인다.

유치장에 들어가 앉아 있는데 엄마가 면회를 왔다고 했다. 엄마
는 일하다 말고 부랴부랴 달려왔을 것이다. 나는 호출을 기다리며
혹, 엄마가 또 쓰러질까 봐 걱정되었다. 한편으로는 엄마의 면회를
거절하고 싶기도 하다.

자퇴서를 내고 집으로 갔어야 했다. 엄마의 문자도 무시하고 사
고까지 쳐서 이런 곳에서 엄마를 만나야 한다는 게 괴롭다.

담임 전화 받았다.
아무 생각 말고 집에 들어와라.

어떤 경우이든 엄마는
네 편이다. 알지? 아들~

내 편이라는 엄마의 문자에 가슴이 쓰리다. 나는 엄마에게 왜 아
픈 아들이 되어야 할까. 엄마는 오직 나만을 위해 살았는데.

엄마는 늘 컴퓨터 앞에서 눈을 떼지 못할 정도로 바빴다. 엄마는
돈만 되면 아무 글이나 쓰는 프리랜서 작가다. 말이 프리랜서 작가
지 사실은 허드렛일하는 비정규직 노동자와 다를 바 없다. 출판사
의 교정보는 일은 물론, 쥐꼬리만 한 원고료를 주면서 생색만 내는
잡지에 기고도 마다치 않고 있다. 엄마는 늘 어깨가 아프다면서도
키보드에서 손을 떼지 못한다. 엄마에게 글은 돈이므로.

내가 밤새 돌아치다 새벽에 들어와도 여전히 컴퓨터 앞에 있는 엄마를 보면, 나를 기다리느라 잠을 안 자는 줄 알았다. 그것만은 아니라는 걸, 엄마의 노트북 앞에 놓인 다이어리를 보고야 알았다. 원고 마감. 원고 마감이라는 글자가 칸마다 빼곡히 차 있었다. 엄마는 글의 노예였다. 노예답게 엄마는 낮이고 밤이고 글에 매여 사느라 바빴다.

나는 엄마의 피 같은 돈을 물같이 썼다. 나도 스스로 한심한 놈이라는 걸 알면서도 착한 아들로 돌아가는 게 쉽지 않았다.

웅처럼 괴롭히는 삼촌이 있는 것도 아니다. 오히려 엄마는 나를 집에 머물게 하려고 온 힘을 썼다. 하지만 나는 정처 없이 돌아다녔다. 병이다. 아마도 나에게 유전자를 물려준 작자도 방랑자였을지 모른다. 엄마는 아빠가 예술가였다는 것 외에 달리 해준 말이 없다. 분야가 무엇인지, 살았는지 죽었는지조차도 모른다. 날라리 아들은 창신동 일대를 휘젓고 다니다 사고나 치고.

면회 순서가 되어 지정된 장소로 나갔다. 가슴이 두근거린다. 엄마가 창살 앞에 와 있다. 엄마의 낯빛이 창백하고 눈도 퀭하다. 엄마는 한 손은 당신의 가슴에 얹고 한 손으로는 창살에 손을 댄 채, 읊조린다. 말이 아니라 통곡이다.

"결국, 그토록 걱정했던 일이……."

엄마의 목소리가 잠겨 제대로 들리지 않는다. 나도 울컥 목젖이 아프지만 참는다.

"죄, 송, 해, 요."

"엄마는 어떤 경우이든 네 편이다. 도윤아, 끝까지 너를 놓지 마라."

엄마가 최대한 감정을 억누르며 담담하게 말한다.

"언젠가는 네 자리로 돌아올 거라는 믿음 버리지 않을게."

"너무 믿지 마, 엄마. 생각보다 난 훨씬 병들었어. 그래서 똥통이나 세상 사람들 모두 날 벌레 보듯 하는 거고. 또 이런 곳에서 엄마를 만나고."

"사람들이 널 몰라서 그래."

"엄마가 아는 나와 세상이 보는 나는 달라."

"도윤아, 이제부터 웅과의 악연을 끊어야 해."

엄마가 웅에 대해 이토록 단호하게 말한 건 처음이다.

엄마는 늘 돌려 말했다. 내가 웅 때문에 밖에서 집에 못 들어가도 노골적으로 야단치진 않았다. 나도 집에 들어가고 싶었다. 엄마가 해 주는 집밥을 먹고 싶었다. 그러나 집마저도 마음대로 들어갈 수 없을 때가 있었다. 웅은 밖에서 자는데 나 혼자 집에 들어갈 수는 없었다. 엄마도 그걸 알았다. 그래서 집으로 웅을 데려오라고 했다. 한두 번은 그랬다. 그러나 늘 우리 집에서 웅을 재울 수는 없었다. 차라리 내가 웅과 밖에서 자는 게 맘이 편했다.

"형사한테 다 들었다. 정말 네가 주범이었니? 정말 네가 그렇게 앞장서서 때렸다는 게 맞니? 아니지? 넌 그런 애가 아니야. 웅 때문이지? 그렇지?"

마치 엄마는 우리가 저지른 사건의 현장에서 다 지켜본 것처럼 다그친다. 나는 엄마가 흥분한 모습을 처음 본다.

"웅이 말한 대로 해야 둘 다 빨리 나갈 수 있다고 했어."

"무슨 말? 너희들만의 의리가 더 중요하다는 착각은 버려. 난 너를 알아."

"아냐, 엄마. 전과기록이 많은 웅이 주범으로 조서가 꾸며지면 공범인 나도 형이 무거워질 수밖에 없대. 초범인 내가 주범이 되면 형량이 가벼워진댔어."

"도윤아, 정신 똑바로 차려. 웅이 널 이용한 거야."

"엄마도 웅을 나쁘게 보지 않았잖아?"

"중요한 건 진실을 말해야 하는 거야. 넌 무고한 사람을 때린 것 자체가 죄야. 더 잘못은 너희들끼리 공모를 해서 조서를 잘못 꾸민 거야."

엄마의 말을 듣는 순간, 그동안 엄마가 웅에게 대했던 모습들이 떠올랐다.

그날도 웅은 집에 들어갔다 삼촌에게 당하고 나왔다.

"또라이 새끼가 뜨거운 다리미로 내 얼굴을 밀어 버리는 거야. 죽으라고. 내가 재수 없어서 집안이 되는 게 없다나. 정말 좆 같아. 난 태어나지 말았어야 했어."

나는 웅의 얼굴을 들여다보았다. 덴 자국이 보기에도 끔찍했다. 얼마나 아팠을까. 나도 모르게 웅을 끌어안았다. 나는 그때처럼 웅이 불쌍해 보였던 적이 없다.

그날 웅이 배가 고프다고 해서 집에 데려갔다.

"어서 와."

작업을 하던 엄마는 웅을 반갑게 맞아 주었다. 엄마는 늘 말했다. 웅이 길을 잘 찾아야 나는 물론 다른 멤버들도 마음을 빨리 정리할 수 있다고.

"입던 옷이긴 하지만 깨끗한 거니까 괜찮을 거야. 목욕하고 나올래? 그동안 아줌마가 맛있는 것 해줄게."

엄마는 귀한 손님이라도 온 듯 분주했다. 웅은 기분이 좋은지 욕실에서 콧노래를 부르며 목욕을 했다. 목욕을 마치자마자 내 방으로 들어와 이것저것 뒤졌다.

"와, 웬 시디가 이렇게 많냐. 이 많은 영활 다 본 거야?"

웅은 신기한 듯 물었다.

"넌 집도 있고, 엄마도 네 편이고, 영화도 좋아하는데 왜 나처럼 살려고 하냐?"

웅이 내게 그런 질문을 하리라고는 생각지 못했다.

"……"

웅의 말에 뭐라 말할 수 없었다. 그동안 웅 때문에 거리를 헤매며 산 건 아니다. 엄마도 웅과 같은 질문을 할 때가 있었다. 그 답은 나도 모른다. 내가 왜 흔들리는지 알고 있다면, 결코 남의 손가락질 당하는 길로 접어들지는 않았을 것이다.

"밥 먹자."

엄마는 나에게 집밥을 먹어야 한다고 강조하는 것처럼, 웅에게도 밥 먹이는 걸 사명처럼 했다. 나는 고맙기도 하지만 한편으론 쓸쓸했다. 왠지 엄마도 자신이 '문제아 엄마'라는 인식에 젖어 있는 것 같기 때문이다. 아무튼 엄마의 오버가 맘에 안 들었다.

"고추장 돼지볶음인데 괜찮지?"

"네, 어머니. 제가 젤 좋아하는 반찬입니다."

웅은 '어머니'라는 말을 너무나 자연스럽게 했다. 엄마 앞에서 웅은 말 잘 듣는 아이였다. 아니 그렇게 보이려 애쓰는 모습이 역력했다. 웅의 그런 행동들이 위선이라고 생각지는 않았다. 다만 낯설 뿐이다.

무엇이든 시키는 대로 다 응할 것처럼 행동하는 웅을 보며 엄마는 희망을 품었던 것 같다. 짱이 마음잡고 공부하면 멤버들이 고구마 줄기처럼 모두 제자리로 돌아올 것이라고 여겼나 보다. 엄마는 당장 웅을 대안학교에 접수했다. 마침 웅을 받아 준 대안학교는 엄마가 교장 선생님과 안면이 있어서 중간 입학도 가능했고 학비도 싸게 해 주었다.

"엄마가 자선사업가야? 그런다고 뭐가 달라지는데?"

나는 그때 엄마가 지나친 친절을 베푼다고 못마땅해 했다.

"그만큼 엄마 마음은 절실해. 내 아들만 지킨다고 될 게 아니라는 것쯤 알거든."

결국 웅은 채 한 달도 안 되어 학교를 그만두었다. 자신은 학교와는 체질이 안 맞는다는 게 이유였다. 그때 엄마는 적잖이 실망했던 것 같다.

면회 시간이 다 되었다고 담당자가 신호를 보낸다.

"낼 올게. 밤새 잘 생각해 봐. 첫 단추가 잘못 꿰이면……. 알지?"

유치장 면회소를 나가는 엄마의 발걸음이 휘청거린다. 가슴이 먹먹해진다.

엄마와의 면회가 끝난 후부터 나는 줄곧, 조서에 대해 생각하느라 머리가 지끈거린다. 정말 웅은 나를 이용한 걸까. 헷갈린다. 유치장의 밤은 길고 지루하다. 영영 날이 밝지 않을 것만 같다. 조용히 앉아 있다 보니 엄마 생각이 더욱 났다.

엄마가 쓰러졌던 날은 유난히 햇볕이 강렬했다.

"내일 엄마 데리고 와. 너같이 못된 짓만 하는 꼴통을 낳아 키운 니 엄마 얼굴 좀 꼭 한번 봐야겠다."

불시에 가방 조사를 했는데 재수 없게 담배가 나왔다. 똥통은 형사가 물증이라도 잡은 것처럼 버럭 소리를 질렀다. 집에 와 어쩔 수 없이 똥통의 말을 엄마에게 전했다.

다음날 학교에 가자마자 똥통이 복도에서 나를 불렀다. 엄마가 언제 오느냐 물었다. 미처 시간까지 묻지는 못했다. 하지만 똥통에겐 핑계로 받아들여졌다.

"온대, 안 온대?"

똥통의 채근에 불뚝 성질이 났다.

"몰라요."

엄마에게 좋은 일도 아닌데 올 거냐 안 올 거냐 물을 수가 없었다.

"몰라요? 이 자식 봐라, 어디서 굴러먹던 버릇이야!"

갑자기 똥통이 내 뺨을 후려쳤다. 몇 차례였는지, 맞은 얼굴을 돌리며 똥통의 손을 잡는 순간, 엄마와 눈이 마주쳤다.

똥통은 오히려 잘됐다는 표정이었다. 엄마는 얼굴이 백지장처럼 하얗게 질려 떨고 있었다. 나보다 더 죄인처럼 고개를 숙이고 있는 엄마를 보자, 나는 똥통에 대해 오기가 생겼다.

"모두가 제 탓입니다. 자식을 잘못 키웠습니다."

엄마는 완전히 죄인이었다. 똥통 앞에 선 엄마는 아무런 존재감도 없어 보였다. 그저 함부로 대해도 되는 문제아의 엄마일 뿐이었다. 나는 미안하면서도 연신 잘못했다고 비는 엄마가 원망스러웠다. 똥통이 손을 털며 엄마에게 말했다.

"자, 보셨으면 교무실로 들어갑시다."

엄마가 비틀거리며 똥통을 따라갔다. 교실로 들어온 나는 그대로 책상에 엎어졌다. 이대로 흔적 없이 증발해버리고 싶었다. 시간이 어쩜 그리 딱딱 맞았을까. 백지장 같던 엄마의 얼굴이 자꾸만 스쳤다.

잠시 후, 갑자기 학교가 어수선했다. 그러건 말건 나는 죽은 듯이 책상에 엎드려 있었다. 밖에 나갔던 애들이 들어와 소리쳤다.

"야, 김도윤! 너희 엄마가 쓰러져서 양호실에 있대."

나는 곧바로 양호실로 달려갔다. 자존심 하나로 살아온 엄마에게 자신이 보는 앞에서 자식이 짐승 취급받는 것을 감당하기 힘들었던 것일까? 양호실에 엄마가 누워 있었다.

"왜 왔어? 또 맞으면 어쩌려고."

엄마는 똥통에게 맞을 걱정부터 했다.

"엄마, 미……, 미안해."

그때는 엄마에게 진심으로 미안했다. 다시는 엄마를 힘들게 하지 말아야겠다는 생각이 들었다. 하지만 한번 빗나간 길을 벗어나 정상으로 되돌리기는 생각처럼 쉽지 않았다. 착한 아들로 돌아온다는 건, 의지만으로 되는 일은 아니었다. 나도 돌아가고 싶었다. 일진에 들어가기 전의 나로.

앞
에
서
_

노 신
랑 호
등

구치소에서 감별소로 이감되는 날이다. 엄마가 넣어 준 책과 영화
잡지, 겨울 내의를 챙겨 가방에 넣는다. 군청색 가방이 불룩해진다.
이 가방은 유치장은 물론 서울구치소까지 나와 동행한 물건이다. 잠
시 후면 이감될 감별소도 함께 할 것이고 언제가 될지 모르지만, 자
유의 몸이 될 때까지 나와 함께 할 것이다. 그래서 특별하다. 짐을
싸놓고 물끄러미 가방을 바라보고 있는데 누군가 내 등을 친다.

"잘 견뎌라. 미안하다. 혼자 나가서."

구치소 방 동기다. 그는 단순 절도범인데다 초범이라 석방되어 집
으로 돌아간다.

좋겠다. 부럽다 못해 질투가 난다. 나는 좀 더 철창 순례를 해야

만 자유의 냄새를 맡을 수 있을 것이다. 아득한 길이다.

대충 짐을 꾸린 뒤, 가방을 메고 호송차가 있는 곳으로 나간다. 감별소는 구치소에서 두 블록 정도만 가면 된다. 나는 호송차 맨 앞에 앉기 위해 서두른다. 잠시라도 바깥세상이 보고 싶어서다. 구속 영장이 떨어진 지 한 달밖에 안 되었는데도 길게 느껴진다.

웅이 차를 향해 걸어오고 있다. 근육질 몸매에 아침 햇살에 반사된 빡빡머리가 유난히 눈에 띈다. 공범이라 같은 공간에 있으면서도 웅과 말을 나눈 적이 없다. 운동 시간에 몇 번 마주친 적은 있지만, 감시 때문에 아는 척도 못했다. 웅에게 꼭 묻고 싶은 말이 있다. 그러나 아무 데서나 쉽게 할 수 있는 말은 아니다. 그래서 나는 웅을 만날 때마다 간단히 눈인사만 하고 지나쳤다. 웅은 나와 마주칠 때마다 애써 말을 붙이려 했지만, 피했다. 아직 웅에 대해 내 마음이 정리되지 않았기 때문이다.

검찰 출두 검사를 받으면서 나는 웅에 대해 생각하지 않을 수 없었다. 웅이 정말 나를 이용하려 했던 것일까. 나는 아직도 웅이 그럴 리 없다고 믿는다. 아니 믿지 않으면 내 발등을 스스로 찍은 것 같아 견딜 수 없다. 아니겠지. 웅의 말대로 우리가 빨리 이곳을 벗어나기 위한 최선은, 내가 주범이라 자백하는 것이다.

차에 오르는 웅과 눈이 마주친다. 나는 애써 담담한 표정으로 웅을 본다. 웅이 나의 서먹한 표정이 맘에 걸렸는지 자꾸만 말을 붙이려 애를 쓴다. 나는 애써 고개를 돌린다. 나는 웅의 임기응변이 아니라 진실을 알고 싶다. 언젠가 반드시 결판을 낼 것이다. 웅이 나의 표정을 살피더니 이내 뒤로 들어간다. 웅에 이어 남자 원생들이 하나둘 걸어오고 있다. 모두 자포자기한 듯 맥없이 걸어오고 있다.

여자 수감생 대여섯 명이 그들의 뒤를 이어 오고 있다. 그들의 발밑에 짓밟히고 있는 낙엽이 을씨년스러움을 더한다. 여자 원생들의 표정도 남자 원생들과 다를 바 없다. 나는 하마터면 소리를 지를 뻔한다. 여자 원생 중 유난히 하얀 얼굴이 눈에 띄었기 때문이다. 푸른 죄수복을 입고 있지만 그녀가 누구인지 단번에 알 수 있다. 맥박이 펌프질하듯 뛴다. 나는 혹 꿈인가 싶어 눈을 비빈다.

"네 눈 속엔 깊은 우물이 있는 것 같아."

지아는 가끔 나에게 뜬금없는 말을 하기도 했다. 수수께끼 같은 아이다. 그런데 여기서 지아를 만나다니. 웬일일까. 무슨 죄명으로 들어왔을까. 놀랍기도 하지만 이내 나 자신이 부끄럽다. 지아가 날 못 알아보게 고개를 돌릴까 하다 그만둔다. 감춘다고 감춰질 일인가. 드디어 그녀가 한쪽 다리를 차 안에 딛다 말고 나와 눈이 마주친다. 그녀가 석고처럼 굳는다. 너무 놀라 눈동자가 심하게 흔들린다. 내가 간단하게 눈인사하자 지아가 꿈꾸는 듯한 표정으로 바라본다. 원생들이 밀치는 바람에 지아는 나를 흘끔거리며 뒤로 들어간다. 원생들이 다 오르자 호송차가 떠난다.

초겨울로 접어든 거리는 황량하다. 낡은 간판들이 즐비한 걸 보니 잘 사는 동네는 아닌 듯싶다. 앙상한 가로수가 추워 보인다. 몇

몇 사람들이 어깨를 잔뜩 움츠린 채 걷고 있다. 자유롭게 저 거리를 걸을 수만 있다면, 추위에 귀가 잘려 나가도 상관없을 것 같다. 땅을 밟고 싶다. 간절히.

백운호수 유원지를 가리키는 팻말이 보인다. 갈림길이 나온다. 노랑 신호등이 켜진다. 안양과 의왕 어느 쪽으로 갈지 방향을 정해야 한다. 호송차는 의왕 쪽으로 방향을 정한다. 노랑 신호등이 꺼지고 파란불이 들어온다. 차가 달린다.

감별소도 어쩌면 노랑 신호등일지도 모른다. 감별소에서의 품행 성적이 좌표가 될 것이다. 죄명이 약하고 심사 결과가 좋으면 훈방 조처되기도 하고, 그렇지 않으면 정보산업학교라 불리는 소년원으로 송치된다. 호송차가 빨간불과 파란불의 간이역인 노랑 신호등으로 유유히 들어가고 있다.

감별소에 도착하자 방 배치부터 해준다. 전과가 많은 웅은 7호 방으로, 초범인 나는 1호 방이다. 여자 원생들은 남자 원생들과 멀리 떨어진 옥사로 간다. 늙은 여자 교도관이 여자 원생들을 이끌고 간다. 여자 옥사는 금남의 집이다. 나는 지아의 뒷모습을 물끄러미 바라본다. 지아가 가다 말고 뒤를 돌아본다. 눈이 마주친다. 지아도 나만큼 당황한 빛이 역력하다. 그녀가 재빨리 눈을 돌린 뒤 교도관의 뒤를 따른다. 죄수복을 입어도 빼어난 그녀의 미모가 오히려 안쓰럽다. 나도 교도관의 뒤를 바싹 뒤쫓는다. 처음부터 찍히면 안 된다.

"교무실로 가자."

담당 교도관에게 '교무실'이라는 말을 듣는 순간, 마음 깊은 곳에서 물안개가 피어난다. 똥통의 얼굴이 떠오른다. 지금 나의 몰골을 보면 똥통은 어떤 표정일까. 마땅히 인간쓰레기들이 머물 곳이라며 손뼉을 칠지도. 쓴웃음이 난다.

"이놈이 정신을 놓고 있네. 뭐해?"

담당 교도관이 날카로운 눈을 흡뜨며 소리를 지른다. 나는 어정쩡한 표정으로 교도관 앞에 선다. 그가 나의 조서를 뚫어지게 바라보고 있다. 가만히 고개를 들어 교무실을 살핀다. 학교와 흡사하다. 그러나 찬찬히 들여다보면 엄연히 다르다. 파란 칠판에는 교과목 대신 원생의 죄명과 수형 번호가 적혀 있다. 책꽂이에는 교도일지가 꽂혀 있다. 제복을 입은 선생님들의 얼굴 또한 경직되어 있다. 내 조서에 코를 박고 있던 담당 교도관이 나를 쳐다본다.

"마빡에 피도 안 마른 놈 죄명치고는 엄청나구먼. 노숙자 린치에 대학생 폭행까지……. 심야에 현장 체포되었고……. 특수강도 상해 및 폭력이라……. 다행히 노숙자는 죽지 않았군. 쯧쯧."

교도관의 쇳소리에 가까운 목소리가 가슴을 찌른다. 조서에는 감별소에 오기까지의 흔적이 고스란히 들어 있을 것이다. 이감될 때마다 나의 죄명은 붙박이처럼 붙어 다닌다. 감별소에서 좋은 평가를 받는다고 해도 결과는 뻔하다. 더군다나 나는 주범 아닌가. 하늘을 날던 까마귀도 숨을 죽이고 갈 정도로 살벌한 천안교도소로 송치되지 않기를 바랄 뿐이다.

"생긴 건 야들야들한데 주먹 꽤나 쓰나 보군. 주범인 걸 보면."

나에게 비아냥거리는 말을 들을 때마다 입술을 앙다문다. 경찰 유치장에서 서울구치소를 거치는 동안 '주범'이라는 말을 얼마나 많이 들었던가. 나는 너무 늦게 알았다. 초범인 내가 주범으로 조서를 꾸민 것이 얼마나 큰 실수였는지. 되돌아갈 수 없는 강을 건넌 셈이다. 있는 그대로 회복하자면 복잡하고 힘들다. 그보다 더 무서운 건 웅의 복수다.

"헛소리했다가는 넌 뼈도 못 추린다. 우리가 감옥에서 천년만년 썩을 건 아니잖아. 난 지옥까지도 널 따라다닐 거고."

웅의 말은 법보다 더 무섭다. 경찰 조서 꾸밀 때 친구 따라 소년원 가고 싶지 않으면 잘 생각하라는 말의 뜻을 알 것 같다.

"세상 물정 모르는 애송이군. 넌 친구에게 당한 거야. 초범인 네가 단순 가담자라고 실토해야 중벌을 면하지. 주범은 가중 죄가 첨가되어서 형량이 훨씬 높아지는 거야. 빼도 박도 못하게 생겼으니 어쩌냐. 네 인생길도 훤하다."

경찰서 유치장에서 일반 죄수들이 말할 때만 해도 나는 별로 개의치 않았다. 나보다 경험이 많은 웅의 말을 더 믿었기 때문이다. 우린 의리로 뭉친 동지 아닌가.

"웅은 콩밥을 먹어봐서 그래도 조심한 흔적이 역력하구먼. 네가 소주병으로 노숙자 뒤통수 치고, 그것도 부족해 마구 밟아 죽이려고 했다면서? 거기다 웅이 대학생은 보내주자고 했는데 네가 가만 두면 신고한다고 주먹을 휘둘렀다는데, 이거 다 사실이지?"

무섭게 쏘아보던 검찰 앞에서야 나는 뭔가 잘못되어 가고 있구나 싶었다. 그러나 그때도 나는 조서대로 대답할 뿐이었다. 두려웠다. 음모를 꾸민 것도, 웅과의 약속을 깬 뒤에 받을 보복 모두가.

서울구치소는 '별' 들의 세상이었다. 고수들이 한 방에 모여 있는 데 대부분 별을 단 사람들이었다. 나는 일반 죄수들과 한방을 쓰면서 세상을 배웠다. 성인 미결수들은 자신들이 걸어 온 길이 훈장이라도 되듯 밤마다 떠들었다. 누구나 나와 비슷한 경험이 있었다. 친구에게 배신을 당하기도 하고, 반대로 누군가의 등을 밟고 살아난 적도 있다고 했다. 많은 이야기를 종합해 본 결과, 의심은 확신으로 변했다.

나는 웅의 하수인에 불과한 삶이었다. 아무런 의식 없이 주먹을 휘두르고 거기에 웅을 위해 거짓 자백까지 하다니. 나는 웅에게 직접 따지고 싶었다. 너의 진짜 속마음은 무엇이었냐고. 그러나 갇힌 상황에서는 어찌해 볼 도리가 없었다. 공범끼리는 눈길조차 주고받을 수 없는 곳이다. 피가 마르는 것 같았다. 그렇다고 법 앞에 번복한다는 것도 쉬운 일은 아니다. 웅은 애초에 의리라는 게 뭔지 모르는 놈이 아닐까. 내가 너무 맹목적이었던 것 같다.

"감별소에 처음이라 잘 모르겠군. 여긴 감옥이 아니라 학교다. 학교보다는 결과가 냉정한 곳이긴 하지만."

칼칼한 목소리가 특이한 담당 교도관은 일차 상담을 마친 뒤, 나를 1호 방으로 안내한다.

찰가닥, 쇳소리와 함께 우리 안으로 들어간다. 마치 짐승이 된 것 같다. 짐승 맞다. 죄 없는 사람을 무자비하게 때린 걸 생각하면, 미열이 나는 것 같다. 온몸이 매 맞은 것처럼 뻐근하기도 하다. 견뎌야 한다. 이제 시작일 뿐이다.

열 명의 원생들 눈길이 일제히 나에게 쏠려 있다. 큰 이벤트를 기다리는 듯한 표정들이다. 족제비처럼 생긴 놈이 가는 눈을 치뜨며 나의 온몸을 훑는다. 그가 입가를 실룩거리며 미소를 짓는다. 왠지 비열해 보인다. 그놈 왼쪽 눈썹 위의 칼자국을 보니 어지간히 논 놈임에 뻔하다.

"내가 방장이다. 신고식을 해야겠지. 자, 슬슬 시작해 볼까?"

바리톤의 목소리에 제법 힘이 들어가 있다. 나는 본능적으로 구원자가 될 만한 사람을 찾는다. 밖을 살핀다. 교도관은 문을 잠근 뒤 밖 책상에 앉아 졸고 있다. 조는 모습만으로도 그의 고단한 삶이 보이지만 속으로는 화가 난다. 그들은 죄수들을 지키는 게 업무 아닌가. 한편으로는 그들 또한 창살 없는 감옥에 갇힌 죄수라는 생각이 든다.

방장 놈이 느물거리며 다가온다.

"피부가 허여멀겋구먼, 눈, 코, 입은 탤런트고……. 어쩐 일로 이런 누추한 곳까지 왕림하셨을까. 여기는 돈 없고 빽 없는 새끼들만 들어오는 곳인데…… 무슨 일로 오셨나?"

은근히 겁이 나기도 하고 불쾌하기도 했지만, 대거리를 해서는 안 된다. 이 고비를 넘기지 못하면 더 큰 벌을 받을지도 모른다. 자신을 시험대에 올려놓고 은근히 즐기고 있는 저들을 만족시켜 줄 필요는 없다. 무조건 참자. 대답 대신 조용히 방장을 바라본다. 웅처럼 우람한 몸매다. 지금까지 웅의 힘 있는 어깨를 의지하며 살았다는 자괴감이 들어 괴롭다. 방장은 나의 침묵이 못마땅했는지 뺨을 갈긴다.

"어쭈, 생까네. 나를 무시한다는 뜻?"

나지막한 목소리지만 거칠다. 눈가에 난 상처는 물론 교활해 보이는 눈매마저도 웅과 닮았다. 나이는 나보다 두세 살쯤 더 들어 보인다. 방장이 나를 뚫어지게 쳐다본다. 금방이라도 무슨 수를 내겠다는 듯 씩씩댄다.

"무슨 일로 들어왔냐고 물었잖아, 씨발놈아!"

"특수강도 상해 및 폭력입니다."

나는 죄명을 말하면서도 흠칫 놀란다. 이토록 엄청난 죄명을 가진 죄수가 바로 자신이라니. 믿어지지 않는다. 나는 '특수'라는 말 다음에는 기어들어 가는 목소리로 죄명을 불었다.

"캬, 보기와는 달리 죄명이 아주 빡센데…… 주먹 좀 쓰는 모양이군."

방장도 다소 놀란 표정이다. 이내 냉혈한으로 돌아온다. 방장은 입꼬리를 비틀어 올리며 나를 친다. 나는 부동자세로 서서 맞는다. 방장이 신고 있던 고무신을 벗어든 건 찰나였다. 무슨 짓을 하려는 것일까. 궁금하긴 하지만 이미 각오했던 만큼 담담하다. 아무리 혹독한 신고식이라 할지라도 끝은 있을 것이다. 방장은 심드렁한 나의 태도가 맘에 안 드는지 똥 씹은 표정이다.

"이놈 표정 봐라, 도 닦냐?"

방장의 갈라진 목소리가 좁은 방안에 울려 퍼진다. 방장은 자신의 고무신에 가래를 뱉는다.

"퉤!"

검은 고무신 속에서 흰 가래가 뱀처럼 흐물거린다. 방장이 나의 턱을 한 손으로 잡아당겨 신발을 코앞에 갖다 댄다.

"핥아!"

방장이 진돗개처럼 혈안이 되어 짖는다. 나는 욕지기가 나올 것 같지만 시키는 대로 한다. 무릎을 꿇는다. 고개를 숙인다. 혀끝으로 가래를 핥는다. 밍밍하다. 목구멍에 끈적끈적한 것이 걸려 넘어가지 않는다. 금방이라도 토할 것 같다. 뜨거운 물방울이 검은 신발 위로 떨어진다. 절대로 저들 앞에 나약함을 보여서는 안 된다. 나는 미지근한 눈물을 핥은 뒤 그놈의 가래를 섞어 꿀꺽 삼킨다. 빙 둘러서 나의 행동을 지켜보던 원생들이 우, 하고 신음을 내뱉는다. 밖에 있던 교도관이 문을 따고 들어와 고함을 지른다. 졸고 있던 자신의 불찰을 무마하기 위해 더 성을 낸다. 덕분에 신고식이 일찍 끝났다.

저녁을 먹고 들어와 간단한 명상 시간이 지나자 취침을 알리는 차임 소리가 들린다. 구치소에서는 어른 미결수들과 같이 있어 어려운 점도 있었지만 보호도 받은 셈이다. 신고식을 더럽게 치러서인지 감별소가 더 살벌하게 느껴진다.

잠이 오지 않는다. 뒤척거리면 안 될 것 같아 조용히 누워 눈만 껌벅거린다. 그런데 뭔가 느낌이 이상하다. 몸속으로 이물질이 들어오는 것 같아 몸을 움칠한다. 이내 잠잠해진다. 불 꺼진 좁은 방 안에서 꼼짝하지 않고 누워 천장만 바라본다. 모두 잠든 듯했다. 어떤 원생은 잠꼬대까지 한다. 뒤척이다 까무룩 잠이 들려는 순간, 사타구니에 누군가의 손길이 와 닿는다. 방장 놈이다.

"너, 그거 해 봤지? 녀석⋯⋯. 여자보다 더 피부가 촉촉하네. 흐흐."

그놈의 끈끈한 눈길이 어둠 속에서도 보이는 것 같다. 들척지근한 입 냄새를 풍기며 방장이 나의 몸을 만진다. 그의 손놀림이 점점 빨라진다. 아뿔싸. 의지와는 상관없이 아랫도리가 팽팽해져 오고 있다. 수치스럽다. 나는 소리를 지를까 한 대 칠까 망설인다. 여기서 방장 놈과 붙으면 가래까지 먹으며 치른 수고가 말짱 도루묵이 된다. 거기다 즉시 천안 소년교도소로 이감될지도 모른다. 안 될 일이다. 이를 악물고 참는다.

어디선가 삐익, 전자음이 울린다. 깜짝 놀라 소리 나는 천장 쪽을 쳐다본다. 나는 감별소 어디에나 감시 카메라가 있다는 걸, 방장 놈이 끌려 나가고 난 뒤에야 알았다. 잠자던 원생들이 일어나 벌통 쑤셔 놓은 것처럼 술렁거린다.

"그 짓 하다 잡혀 온 놈이니 어쩔 수 없지. 제 버릇 개 주냐."

방장이 잡혀가고 난 뒤에야 5대 강력범 중의 하나인 강간범으로 들어왔다는 사실을 알게 된다. 방장은 다음날 어딘가로 끌려갔다. 나는 통쾌하기보다는, 어둠 속에서도 감시당하고 있다는 사실에 더 충격을 받는다. 머릿속의 생각까지도 저들이 쳐놓은 CCTV에 찍힐 것 같다. 방장은 나에게 수모감도 주었지만 처신술도 심어 주었다. 몸조심, 말조심은 물론 생각조차도 조심해야 한다는 것을.

순례의 길이 점점 더 힘들어진다. 내일은 또 무슨 일이 벌어질까. 막연한 두려움으로 잠을 설친다. 지아는 무슨 죄명으로 이곳에 왔을까. 식당에서 여자 원생들이 들어오는 걸 보면서 지아를 찾았지만 보이지 않았다. 내일은 볼 수 있을까. 뒤척이다 보니 어느새 손바닥만 한 창문으로 빛이 들어오고 있다. 내게도 빛은 존재할까.

별
세
계
—

"야, 씹쌔야. 거긴 내가 먼저 찜한 자리란 말야!"

키가 큰 놈이 달려오며 징징거린다.

"멍청한 놈. 찜하면 뭘 하냐. 내가 이렇게 신발 넣으면 게임 끝이지. 븅신~"

웅이 또 신발장 번호 갖고 싸움 중이다. 감별소 강당 행사가 있을 때마다 웅을 만나게 된다. 나는 웅과 마주치고 싶지 않아 화장실에 가는 척 몸을 튼다. 웅이 싸우다 말고 내게 와 잡아먹을 듯 말한다.

"왜 나만 보면 똥 씹은 얼굴인데? 새꺄"

그 순간 뚜껑이 열린다. 한번쯤은 웅과 붙어야겠다고 생각해 왔다. 기회다. 나는 정색을 한 채 웅을 노려본다. 절대 흥분하지 말자.

스스로에게 최면을 건다.

"넌, 일부러 날 물 먹인 거지? 우리의 수칙이 그토록 비열한 것인 줄 몰랐다."

"미친놈. 이 세상에 누가 남의 인생부터 생각하냐. 넌 별이 하나도 없으니 훈장 하나쯤 다는 것도 나쁘지 않아. 그래봤자 소년원에서 6개월만 썩으면 돼."

"네가 말하는 의리였냐?"

"아니지. 네가 6개월 썩는 동안 나 먼저 나가서 널 기다릴게. 넌 영웅이 되는 거야. 점점 더 단단해지는 거지."

선심 쓰듯 말하는 웅이 가증스럽다. 그래도 여긴 감별소 행사장이다. 공범끼리 싸우면 득 될 일이 없다. 화를 꾹꾹 누르며 그동안 꼭 묻고 싶었던 말을 꺼낸다.

"넌 내가 소년원으로 송치될 줄 알고 있었던 거지? 난 진짜 네 말만 믿었다고. 초범이라 풀려날 거라며? 어떻게 그럴 수 있어?"

"당근이지. 넌 그것도 모르고 깝죽거리고 다녔냐, 병신~ 그동안 내가 널 지켜 준 대가라고 생각하면 간단해."

나는 비로소 웅의 진심을 알게 되었다. 후덜덜, 가슴이 떨렸다. 하지만 자제하려 애쓴다. 웅의 술수를 확실히 안 이상 더는 미련을 가질 필요가 없다. 이제 내 몫이다. 재판에서 진실을 이야기해야 할 것인지, 그냥 세월만 가길 기다려야 할지에 대해. 나는 웅과 잠시라도 눈을 마주치고 있는 게 껄끄러워 얼른 신발을 넣고 들어가야겠다고 생각한다.

웅은 다시 신발장 앞에서 원생들에게 시비를 걸고 있다.

"난 무조건 13번이어야 해. 나 내일 재판 받는단 말야. 신발장 번호라도 재수 좋아야지, 무조건 8자나 9자는 안 된다고."

"안 돼, 절대로."

웅의 말에 키가 큰 놈이 포기하고 9자가 붙은 신발장으로 물러난다. 웅은 나를 힐끔거리며 야릇한 미소를 짓는다. 나는 못 본 척 고개를 돌린 뒤, 아무 데나 신발을 넣다 보니 99번이다. 왠지 불길한 느낌이 가슴을 스치고 지나간다. 웅이 거들먹거리며 강당 앞으로 간다. 키가 큰 놈이 웅의 뒷덜미에 대고 욕을 퍼붓는다. 그들에 이어 또 다른 패들이 신발장 앞에서 똑같은 싸움을 하고 있다.

이제 대강당에 모일 때마다 신발장 앞이 아수라장이 되는 것에 익숙해졌다. 신발장만이 아니다. 8이나 9자가 들어간 수형 번호를 단 원생이 들어오면 거의 초상집 분위기다. 원생들 모두 달려들어 신입생을 괴롭혔다. 재수 옴 붙은 놈이 들어왔다며. 초주검이 된 신입 원생을 보며, 나는 무난하게 신고식을 치렀다는 걸 알았다.

감별소에 들어오면 누구나 숫자에 민감하다. 원생들은 감별소에 갇히는 순간부터 8자와 9자를 병적으로 피하게 된다. 원생들에게 8과 9는 저주의 숫자다. 이유는 간단하다. 한 달간 감별소에 머문 뒤, 재판에서 '1호, 3호, 5호 처분'을 받아야만 집으로 돌아가기 때문이다. 원생들에게 '1, 3, 5'라는 숫자는 신이 내린 선물이다. 물론

'5호 처분'을 받아도 보육원이나 사회복지 기관에서 사회봉사를 해야 한다. 어찌 되었든 벽 안을 벗어나는 것이다. 자유, 자유의 냄새를 맡을 수 있다는 것. 원생들이 '1, 3, 5'라는 숫자를 선호하며 싸움질하는 심리는 감별소에 들어와 보지 않고는 절대 이해할 수 없을 것이다.

법원에서 '8호 처분'을 받으면 '정보산업학교'라 칭하는 소년원에서 1개월을 살아야 한다. '9호 처분'을 받으면 6개월은 썩어야 하고, '10호 처분'은 1년 반에서 2년을 창살 안에서 지내야 한다. 중죄를 지었든, 죄명이 약하든, 일단 노랑 신호등 앞에 선 원생들은 무조건 8자와 9자 앞에 벌벌 떤다. 8호부터는 '소년원'이라는 벽장 속에 갇혀야 한다는 것이 얼마나 두려운지, 강박감이 얼마나 큰지, 경험자만이 안다. 원생들은 저주의 숫자에 저당 잡히지 않기 위해 CCTV를 늘 의식하며 산다. 나 역시 감별소에 들어와 제일 먼저 배운 것이 처세술이다. 방장 놈이 어둠 속에서 행한 짓거리까지 집어내는 감시망이 곳곳에 있다는 것을 안 이상, 조심하지 않을 수 없다.

"원생 여러분! 행사가 시작될 예정이니 각자 자리에 와 준비해 주시기 바랍니다. 잠시 후 여러분이 기대하고 기다리던 행사가 시작됩니다."

강당 앞에서 진행을 맡은 담당자의 목소리가 활기차다. 강당 옆으로 난 창을 내다본다. 비가 내린다. 부딪치는 빗줄기에 창문이 희

뿌옇게 변한다. 비가 많이 오려나 보다. 운전하고 올 엄마가 걱정된다. 중고 자동차라 고장도 잘 난다던데. 이내 고개를 돌린다.

나는 비 내리는 창밖을 보며 강당 앞으로 나간다. 월요일마다 대강당에 모여 교화 훈시를 받는 곳이라 낯설지는 않다.

하지만 오늘은 강당 분위기가 다르다. 학예회처럼 대형 플래카드도 붙어 있고, 화려한 서양란이 핀 화분도 보인다. 아무리 학교처럼 꾸몄지만, 감별소 특유의 칙칙하고 어두운 분위기는 감출 수 없다. 원생들이 삼삼오오 강당 앞으로 와 자리를 잡는다.

오늘의 하이라이트는 가족과의 상봉 시간이다. 기대 가득하다. 나는 좋은 점수를 얻을 것이다. 가족인 엄마의 면회가 이루어질 것이므로.

"내일은 여러분에게 뜻깊은 날이 될 것이다. 외부에서 들어와 종교 행사도 치러주고, 먹을 것도 나눠 줄 것이고, 여러분 선배들의 성공담도 들을 것이고, 가수들의 공연도 있다. 무엇보다, 이미 연락을 받은 가족들이 올 것이다."

선심 쓰듯 전하는 교도관의 말에 원생들의 반응은 두 갈래다. 기대하는 쪽과 절망하는 쪽.

"잔칫날이군. 모처럼 영과 육과 혼이 풍성해지겠는 걸. 난 찾아올 가족이 없으니 꽝이긴 하지만. 맛있는 거나 좀 얻어먹으려나……."

대부분 안양 인덕원에서 놀았다는 놈의 말처럼 냉소적인 표정이다. 찾아올 가족이 없을 것이라는 확신이 절망의 얼굴로 나타난 것이다. 지금까지 가족이 자주 면회를 온 원생들은 오히려 침묵을 지키고 있다. 기쁜 내색을 했다가는 벌집을 쑤시는 것과 같은 일이 벌어질지도 모르기 때문이다. 나 역시 감정을 드러내지 않았다. 하지만 속에서는 환호의 팡파르가 연신 터지고 있다. 엄마와 창살을 앞두고 면회를 하는 것이 아니라 자유롭게 앉아 얼굴을 볼 수 있다니. 꿈만 같다. 원생들이 웅성거리자 담당 교도관이 다시 폭탄선언을 했다.

"내일 모든 행사는 너희들을 위한 교화 작업의 연속이다. 너희들이 왜 여기까지 오게 되었는지 종교 속에서 찾으라는 배려이고, 이곳을 거쳐 간 선배들이 어떤 계기로 새 삶을 찾았는지 들으며 진로를 생각하게 될 것이다."

담당 교도관은 잠시 뜸을 들인 뒤 본론으로 들어갔다.

"한마디로 이 행사는, 너희 가족의 관심도를 측정하는 시간이다. 감별소 점수에 지대한 영향을 준다는 말이다."

그의 말을 요약해 보면, 가족의 관심이 없는 원생을 사회로 내보내는 건, 고삐 풀린 망아지를 방치하는 것이나 다름없다는 말이다.

담당 교도관의 연설이 끝나자 우, 우, 원생들이 짐승처럼 울부짖었다. 내가 머무는 1호 방 원생들도 찾아올 가족이 별로 없을 것 같다. 3주 같이 생활하면서 가족 면회 신청이 들어 온 원생을 본 적이 별로 없었다. 엄마가 바쁜 틈을 이용해 짬짬이 면회를 오는 것을 원생들은 부러워하다 못해 시기하기도 했다. 면회 마친 후, 엄마가 사 준 간식 꾸러미로 그들의 상처가 보상되는 건 아니었다. 오히려 그들의 자존심을 건드리는 행위라는 걸 알고부터 나는 빈손으로 들어왔다. 원생들은 아예 가족이 없거나 가족에게 지워진 존재가 많았다. 우리의 짱인 웅처럼 말이다.

대강당 행사가 원생들에게 자유의 시간을 주겠다는 것이 아니라, 점수를 위한 방편이라는 게 개운치 않다. 그런데도 엄마가 싸 온 도시락을 먹을 수 있다는 설렘으로 밤새 뒤척였다. 감별소에서의 축제는 상상도 못했던 일이기에.

엄마가 행사장 밖에서 기다리고 있을 것이라 확신한다. 가슴이 벅차다. 그런데 왜 이토록 불안한 걸까. 아침에 눈뜨면서도 그랬고, 신발장에 신발을 넣을 때도 기분이 묘했다.

첫 프로그램인 종교 행사를 마치고 돌아오자 강당은 운동회처럼 술렁인다. 종교 행사에서 얻은 건 지아와 가까이서 설교를 들었다는 것뿐, 남은 게 없다.

곧이어 단상 위에 밴드가 설치되고, 마이크 테스트를 하는 등 사람들이 분주하게 움직인다. 텔레비전에 나오는 방청객의 들뜬 얼굴처럼 원생들의 얼굴도 달아오르고 있다. 가수가 온다는 말이 믿기지 않았다. 그런데 진짜 가수가 왔다. 유명한 '탈출' 멤버. 내로라하는 록 가수 겸 뮤지컬 배우답게 아우라가 빛난다. 강당은 원생들의 열띤 호응으로 점점 더 뜨거워지고 있다. 감옥이나 다름없는 감별소라는 걸 잊은 듯, 노래에 맞춰 춤을 추는 원생들이 많다. 모처럼 강당 안이 활기로 넘쳤다.

　'세상은 나를 양아치라 손가락질했지. 우우, 맞아. 맞아. 나는 양아치 문제아. 그러나 내 속엔 또 다른 내가 있어. 우우, 이제 그 길을 찾아 나설 거야.'

　한창 주가를 올리고 있는 노래를 연주에 맞춰 부르고 있다. '탈출'은 〈드림 예술정보학교〉 출신으로 구성된 멤버다. 특이한 이력이지만 노래를 잘한다. 나는 사회에서부터 '탈출'의 노래를 즐겨 들었다. 경쾌하면서도 마음의 물결을 건드려 주는 가사와 선율이 매력적이다.

　그들이 노래를 마친 뒤 썰물처럼 사라진다. 원생들이 패닉 상태에 빠진 것처럼 멍하니 앉아 있다. 모두 나처럼 허탈해 보인다. 내 마음 한편에는 따스한 기운이 감돌고 있다. 엄마가 도시락 싸 온다지 않은가. 절로 미소가 지어진다.

　다른 원생들은 행사가 거의 끝난 듯 흐트러져 있다. 나는 지아를 찾아보려 두리번거린다. 보이지 않는다. 가수가 노래를 부르는 사이 사라진 것 같다. 어디로 갔을까.

　"이제 마지막 순서입니다. 멀리서 바쁜 일손을 내려 놓고 여기까지 찾아오신 사랑하는 가족을 만나는 시간입니다. 여러분 많이 기다리셨지요? 박수로 맞아 주시기 바랍니다."

사회자가 노래자랑 나온 후보 소개하듯 크게 외친다. 강당 입구에서 사람들이 들어오기 시작한다. 원생들에게는 끝까지 가족이 왔는지를 전혀 알려 주지 않았다. 원생들에게 극적인 기쁨을 주기 위한 처사일까. 아닌 듯싶다. 원생들은 길게 목을 빼고 가족의 얼굴을 찾느라 정신없다. 목마른 사슴이 따로 없다. 하지만 나는 여유롭다. 엄마는 반드시 올 것이므로. 엄마는 경망한 모습으로 아들을 찾지 않을 것이다. 우아하면서도 차분한 자태로 나의 곁으로 다가올 것이다.

　나는 지아가 궁금해 두리번거렸다. 지아의 가족은 왔을까. 그녀는 어디로 간 것일까. 손님들이 들어와 원생들 앞에 줄을 서 있다.

　많은 원생에 비해 찾아온 가족은 십 분의 일도 안된다. 나는 당연히 엄마가 왔을 것이라 믿지만 왠지 불안하다. 엄마는 균형 잡힌 몸매에 나이보다 훨씬 젊어 보인다. 럭셔리한 옷을 즐겨 입는 편이라 눈에 띈다. 강당 앞에 선 손님 중에 그런 사람은 없다. 나는 잘못 볼 수도 있다는 생각으로 강당 앞으로 바싹 다가가 살핀다. 엄마의 얼굴이 보이지 않는다. 뭔가 잘못된 게 틀림없다. 다른 원생도 나처럼 가까이서 손님 얼굴을 살피곤 돌아선다. 나는 분명 보았다. 돌아선 원생의 눈가에 번진 물기를. 나도 왠지 울컥 눈물이 난다.

　손님들이 선 강당 앞까지 오후의 햇살이 들어와 넘실대고 있다. 처음 은빛 팔찌가 손목에 닿던 순간처럼 가슴이 뛴다.

　'엄마도 날 버렸구나. 천사의 얼굴로 끝까지 이해한다더니…….

위선이었어?'

나는 울먹이며 혼자 외친다.

"가족이 오지 않은 원생은 뒤로 가서 조용히 앉아 감상하도록. 행사 마칠 때까지."

마이크에서 들려오는 소리가 조롱하는 것처럼 들린다. 원생에게는 가족이 오지 않았다는 사실만으로도 상처다. 그런데 그들의 상봉을 감상하라니. 잔인한 처사다. 제기랄. 나는 물론 다른 원생들이 항의하듯 외친다.

"방으로 들어가게 해 주세요!"

아무도 들은 척 않는다. 우리는 구경꾼이 되어 저들의 상봉을 관람할 수밖에 없다. 미칠 것만 같다. 엄마는 도대체 왜 안 오는 걸까.

손님들은 갇힌 아들과 딸을 위해 바리바리 싸 온 음식을 펼쳐 놓았다. 어떤 엄마는 아들 입에 소시지를 직접 넣어 준다. 소풍 나온 가족처럼 화기애애하다. 나를 비롯해 가족에게 버림받은 원생들은 애써 그 모습을 보지 않으려 딴청을 부리고 있다. 뼛속까지 아프다.

어떤 가족은 할머니, 할아버지, 삼촌으로 보이는 건장한 남자까지 와서 통닭을 뜯고 있다. 순간 웅이 떠오른다. 사방을 두리번거린다. 몽롱한 눈빛으로 앞을 바라보고 있던 웅과 눈이 마주친다. 녀석이 비열한 웃음을 날린다. 너도 버림받았구나. 놀리는 것 같다. 나는 갑자기 부아가 치민다. 그건 웅을 향한 것도, 오지 않은 엄마를 향한 것만도 아닌 불특정 다수를 향한 분노다. 그들의 행복한 시간이 또 다른 누군가에게는 치명적인 상처를 줄 수도 있다는 것을 저들은 모르는 걸까. 아니다. 치졸한 고문이다.

강당을 나와 방으로 들어가는데 천둥 번개를 동반한 비가 무섭게 쏟아지고 있다. 엄마의 얼굴이 번개처럼 스쳐 지나간다. 불길한 예감이 온몸을 휘감는다. 지아도 가수들이 노래하는 시간에 어딘가로 사라졌다. 궁금하고 답답하다. 가슴이 벌렁거려 제대로 걷기조차 힘들다. 어둠의 그늘이 다가오는 게 분명하다. 이토록 불안한 기운이 감도는 것을 보면.

소년재판 받는 날
—

드디어 법원 가는 날이다.

공교롭게도 사고 치던 날처럼 새벽안개가 자욱하다. 나는 안개를 보자 몸서리가 쳐진다. 한순간의 객기가 이토록 험난한 산을 넘어야 하는 줄 알았다면, 절대 그 자리에 있지 않았을 것이다. 지난밤 한숨도 자지 못했다. 병원에 입원 중인 엄마가 보낸 편지 때문이다. 엄마는 '가족 상봉 잔치' 날 빗속을 달리다 교통사고를 당했다. 중앙선을 침범해 오는 차에 하릴없이 부딪힌 것이다. 엄마의 사고 소식을 듣고 얼마나 놀랐는지 모른다. 지금도 가슴이 벌렁거린다.

방 안을 둘러본다. 방장 놈의 가래를 먹던 신고식에서부터 많은 일이 필름 돌아가듯 스친다. 그 시간이 엊그제 같은데 어느새 한 달이 지났다. 감별소는 노랑 신호등이다. 빨간 불과 파란 불 중간 잠깐 비추는 노란빛. 감별소에서의 행동이 어디로 갈지 결정짓는다. 운명의 날인 셈이다. 바깥세상이 온통 안개로 싸여 있다.

오전 9시까지 가정법원에 출두해야 한다. 지난 밤잠을 설치면서도 가방 정리조차 못했다. 어머니가 넣어 준 책을 어눌해 보이는 원생에게 준다. 그놈과는 단 한마디 말조차 나눈 적 없지만, 은근히 나의 책을 읽고 싶어한다는 걸 알기에. 다른 원생들은 책 따위는 관심이 없다. 내가 책을 건네자 평소와는 달리 밝게 웃는다. 연신 고맙다며 인사까지 한다. 나는 영화에 관한 책 외에는 짐이 될 것 같아 준 것인데, 민망하다.

"잘 있어라. 다시는 만나지 말자."

원생들에게 짧게 인사를 한다. 방안이 잠깐 술렁거린다. 나는 원생들의 마음을 잘 안다. 머잖아 자신들도 맞을 재판에 대한 두려움의 표현이라는 것을.

"건투를 빈다."

말을 건네는 원생들의 눈 속에는 제각각의 사연이 들어 있다. 열 명의 원생들 죄명이 모두 다르듯이 그들 마음의 물결도 각기 다를 것이다.

소년재판을 받을 원생을 데려가기 위해 호송차가 대기하고 있다. 안개 속에 묻힌 호송차가 작은 간이역 같다. 맞다. 감별소는 소년원으로 가든 집으로 돌아가든, 반드시 한번은 거쳐야 하는 간이역일지도 모른다.

안개 속에 지아가 있다. 같이 들어왔으니 당연히 재판 날짜도 같을 것이다. 하지만 수갑을 찬 채 호송차에서 서로 만나는 건 전혀 반갑지 않다. 지아도 외면하고 싶은지 딴청을 떤다. 잠시 지아와 눈이 마주친 건 찰나다. 그토록 명랑하던 지아의 모습이 젖은 옷을 걸친 것처럼 불편해 보인다. 내가 먼저 말을 걸기 위해 그녀 곁으로 다가간다. 무슨 말을 해야 할지 막막하다. 그래도 말을 하지 않으면 더욱 비참할 것 같다.

"잘 됐으면 좋겠다."

"……"

지아가 고개를 끄덕이며 호송차 안으로 들어간다. 가슴이 아릿해져 온다. 지아는 과연 몇 호 처분을 받을까.

잠시 후, 웅이 나오고 있다. 웅도 법정에 서는 게 걱정인지 좀 수척해진 것 같다. 웅은 기다렸다는 듯 내 곁으로 온다.

"차에 오르기 전 나랑 얘기 좀 하자."

나는 서먹한 표정으로 웅을 본다. 무슨 말을 해야 할까. 나는 철창 순례하는 내내, 조서를 뒤집을까에 대해 많이 생각했다. 하지만 아직 결론을 내리지 못했다. 엄마의 편지가 아무리 간절해도 처음부터 새로 시작한다는 건, 쉬운 일이 아니다. 이제 와 주범이 아니었다고 자백한다 해서 얼마나 혜택을 받을지도 모른다. 어쩌면 공문서위조 혐의가 더 추가될지도 모른다. 그런데 웅과의 적이 되는 길을 택하는 건 무덤 속으로 스스로 걸어가는 길일 수도 있다.

"헛소리하면 어떻게 될지는 네가 더 잘 알지? 우리 조용히 재판 끝내자."

어느덧 호송차 앞이다. 내가 먼저 차에 올랐다. 웅이 내 옆자리에 앉으며 낮게 외친다. 목소리는 낮지만 강팔지다. 웅은 지구 끝까지도 쫓아다니며 괴롭힐 수 있는 놈이다. 나는 대답 대신 뒤로 가기 위해 몸을 움직인다. 웅의 억센 팔이 나를 잡는다. 공범은 어디를 가나 감시의 눈길이 번득이는데 오늘따라 교도관들이 분주한지 관심이 없다.

"처음 그대로 그냥 가는 거다."

협박이다. 웅도 어지간히 초조한지 얼굴이 까칠하다. 나는 웅의 까칠한 얼굴을 살핀다. 내가 정색을 하고 자신의 얼굴을 쳐다보자 웅은 기습을 당한 것처럼 깜짝 놀란다.

"머리 굴리지 마라. 번복한다고 해서 너한테 유리할 건 없어. 나중을 생각해야 할 거야."

한 교도관이 둘을 응시한다. 웅은 그의 눈치를 살피며 한 번 더 협박한다.

"넌 친구는커녕 인간도 아니다. 나 긁지 마라. 너의 실체를 간힌 뒤에야 알게 된 건 내 실수였다. 앞으로는 다를 거다."

처음이다. 어디서 이런 용기가 생긴 것일까. 내가 웅에게 이토록 강하게 나가게 될 줄은 상상도 못한 일이다. 나는 가슴이 벌렁거렸지만, 한편으로는 속이 후련하다. 웅의 얼굴이 얼음처럼 굳는다. 생각지도 못한 나의 반격에 충격을 받은 것 같다. 웅이 화를 못 참겠다는 듯이 수갑 찬 주먹을 나에게 들이대려는 순간, 교도관이 다가온다.

"누가 공범끼리 붙어 앉으라 했어. 한 놈 일어나 저 뒤로 가!"

웅이 씩씩거리며 뒤로 간다. 나는 창밖으로 눈을 돌린다. 길게 한숨이 나온다. 길가에 자유롭게 걸어 다니는 사람들이 몹시 부럽다. 거리를 활보할 날이 영영 없을 것만 같다.

호송차는 인덕원 사거리를 지나 서초동 가정법원 앞에 선다. 법원으로 들어가는 입구 뒷마당에 차가 선다. 법원 전체가 안개로 덮여 있다. 아침 출근을 하는지 사람들이 바쁘게 오가고 있다. 법원 건물은 검찰청에서 조사를 받을 때 와 보고 두 번째다. 서초동 법원 건물은 언제 봐도 으스스하다. 그래서 더 떨린다.

차에서 내리기 전 교도관들이 단단하게 매 준 오랏줄에 서너 명이 함께 묶여 법원 안으로 들어간다.

검찰청만큼은 아니지만 법원 역시 복도 바닥이 반질거릴 정도로 깨끗하다. 전혀 사람의 발길이 닿지 않은 것처럼 건물 전체가 조용하다. 어쩌다 지나는 사람들의 얼굴에도 아무런 표정이 들어 있지 않다. 로봇 인간 같다.

드디어 소년재판 법정이다.

영화나 텔레비전에서 본 것처럼 법원은 정식 재판장이 아닌 듯 간소하다. 판사로 보이는 중년의 남자가 교장 선생님처럼 앉아 있고, 그 바로 앞 테이블에 두 명의 남자가 앉아 서류를 뒤적이고 있다. 법정이라기보다는 개인 사무실로 보일 정도로 평범한 분위기다. 방청객도 없다. 미성년 소년재판은 비공개에 약식으로 치러지기 때문이라는 걸 나중에야 알았다. 매우 웅장하면서도 긴장감이 넘치는 곳에서 재판을 받을 줄 알았던 나는 갑자기 긴장이 풀린다. 왠지 학생부에 끌려가 훈계를 받을 때와 비슷한 분위기다. 오히려 경찰서 조사실이나 검찰청 검사실이 더 살벌했다. 웅은 나와는 달리 매우 긴장한 얼굴로 서 있다. 아마도 내가 호송차에 오르기 전에 보인 반응에 신경이 쓰이는 것 같다. 웅의 눈이 불안정해 보인다. 지아도 잔뜩 긴장한 얼굴로 서 있다.

'너만 빠져나가면 섭섭하지. 결코 빠져나갈 수도 없고. 너는 이미 나와 같은 배를 탄 동지잖아. 죽어도 같이 죽고 살아도 같이 살아야지. 언약을 배반하면 어떻게 되는 줄 네가 더 잘 알 텐데⋯⋯.'

웅이 조직을 탈퇴하려던 한 놈의 목을 조르며 하던 말이 생각난다. 지금 웅은 나에게 그 말을 하고 있을지도 모른다.

이름을 부르는 순서대로 판사 앞으로 나간다. 담당 판사의 얼굴이 애송이처럼 젊다. 소년범은 경험이 많은 쪽보다는 갓 발령받은 판사가 대부분이라 원리 원칙대로 판결을 한다고 들었다. 법정 안에 들어서자 잠시 느슨했던 마음이 다시 긴장된다. 서류를 들여다

보던 판사가 나와 웅을 빠른 시선으로 훑는다. 지아와 다른 원생은 밖에서 대기 중이다.

서기관이 밖에 대기 중인 어머니와 웅의 할아버지 이름을 부른다. 엄마는 휠체어를 타고 들어온다. 눈가가 벌겋다. 미성년 범죄는 부모도 자식과 같이 재판을 받아야 한다는 사실을 재판 날짜를 받고 나서야 알았다. 웅의 할아버지는 법정에 나오지 않은 듯하다. 웅은 기대하지도 않았다는 듯 담담한 표정이다.

"내가 소년원을 몇 번 들락거려도 이혼한 엄마, 아빠는 한 번도 면회를 오거나 연락을 한 적이 없어. 할아버지에게 짐짝처럼 맡겨진 난 버림받은 자식이야."

언젠가 웅이 별을 단 이야기를 영웅담처럼 하다 취기가 돌자 속내를 드러낸 적이 있다.

"난 버림받은 자식이다."

그때 웅의 눈가가 벌겋게 달아올랐다. 나도 그 순간 울컥, 했다. 웅을 향한 연민이 나를 여기까지 오게 했는지도 모른다.

서기관이 다시 한번 대기실에 대고 웅의 할아버지 이름을 부른다. 대답이 없다. 웅은 판사 앞에 할아버지의 불참이 자신의 잘못인 양 고개를 푹 숙이고 서 있다.

엄마의 모습을 조심스럽게 쳐다본다. 엄마는 떨리는지 연신 손수건을 입가에 대고 있다. 엄마는 사고 후유증이 심해 한쪽 다리를 수술해야 할지도 모른다고 한다. 의사의 만류에도 불구하고 엄마는 법정에 나온 것이다. 고개를 떨군 채 판결을 기다리는 엄마의 모습이 처연하다. 나 때문에 방송 작가로 당당하게 살아가던 엄마가 죄인이 되었다.

웅의 할아버지가 끝내 나타나지 않자 재판이 시작된다. 판사 앞의 두 명의 서기관이 뭔가를 열심히 적고 있다. 판사는 웅을 먼저 심문한다.

"피고는 지난 10월 27일에 창신동 공원에서 새벽 3시에 노숙자와 대학생을 때리는 데 가담했다는 게 사실인가?"

"네."

"노숙자를 죽도록 때린 뒤, 도망을 치려다 지나가는 대학생까지 때렸다는데 인정하는가?"

"아닙니다. 저는 노숙자를 그냥 보내자고 했는데, 공범인 김도윤이 학교 자퇴해서 기분이 꿀꿀하다며 마구 때리기 시작했고, 그 현장을 본 대학생을 만났을 때도 신고할지 모르니 가만둬서는 안 된다고 했습니다. "

"소주병으로 대학생을 때리기 시작한 것도 모두 공범 김도윤이 주도했다는 말인가?"

웅은 힐끗 나를 쳐다본 뒤, 자신 있게 네, 라고 대답했다.

"피고는 그동안 국가에서 몇 번 반성의 기회를 준 것으로 알고 있는데, 이런 일에 다시 가담한 것에 대해서는 어떻게 생각하는가?"

"무조건 잘못했습니다. 한 번만 더 선처해 주시면 새사람이 되겠습니다."

재판 과정이 텔레비전에 나오는 코미디 프로 같다는 생각이 든다. 방송국마다 시청자의 흥을 돋우기 위해 거짓 웃음소리를 내보낸다는 이야기를 들었을 때처럼, 모두가 짜 놓은 각본대로 읊조리는 앵무새 같다. 웅은 최선을 다해 연기를 하느라 심혈을 기울이는 배우처럼 진지하다. 거짓 연기를 너무 잘한다. 속이 뒤틀린다. 도대체 여기서 무슨 말을 어떻게 시작해야 한단 말인가. 진이 빠진다. 나중에 보자. 이 말은 잔인한 협박이다. 번복해서 상황이 반전된다 해도 그 후 사회에서 그냥 넘어갈 웅이 아니다.

엄마 생각을 해서 힘들어도 진실을 말할 생각도 있었지만, 법정에 서고 보니 두려울 뿐이다. 웅에게 복수하는 길은 깨끗하게 감수하고 뒤탈을 없애는 길이 안전하다는 생각이 든다. 웅과 어떻게 대응한단 말인가. 더군다나 법을 속인 걸 어떻게 뒤집을까.

판사가 나의 이름을 부른다. 나는 결국 판사가 묻는 대로 단답식으로 대답한다. 아무 말도 하기 싫다. 아니 어떻게 시작해야 할지 모르겠다. 누군가 나의 입이 되어 주었으면 좋겠다. 내가 단답식으로 대답을 할 때마다 엄마의 얼굴이 일그러진다는 건 알지만 도리가 없다. 웅이 옅은 미소를 짓고 수갑을 찬 채 V자를 그어 보인다. 순간 웅의 손목을 자르고 싶다.

'그래. 차라리 살 만큼 형을 살고 떳떳하게 나오자.'

판사는 마지막으로 엄마에게 묻는다.

"법정대리인으로서 할 말 있습니까?"

"모두가 제 죄입니다. 그러나 판사님, 제 아들은 지금 자신이 모든 걸 뒤집어쓰고 있습니다. 제 아들이 죄가 없다는 말은 아닙니다. 그러나 결코 주범은 아니란 말입니다. 다시 한번 이 사건을 재고해 주시기 바랍니다."

갑자기 법정 안이 술렁거린다. 웅이 눈에 불을 켜고 엄마와 나를 번갈아 보며 씩씩거린다. 가슴이 쿵쾅거려서 진정시킬 수가 없다. 결국 엄마가 십자가를 지는구나.

"억울하면 정식 절차를 밟으십시오."

판사가 강압적인 자세로 선포하듯 말한다.

"공범 강웅은 김도윤 법정대리인의 발언에 대해 어떻게 생각하는가?"

판사가 웅에게 다짜고짜 물었다. 웅은 판사의 질문에 당황한 듯 머뭇거리더니 이내 침착한 자세로 말을 하기 시작한다.

"어머니로서 당연히 그렇게 말씀하실 수 있다고 생각합니다. 법은 진실하다고 믿습니다. 저는 판사님의 판결에 따르겠습니다."

웅은 역시 노련한 연기자다. 그 순간에 어떻게 저런 표정과 언변을 구사해낼 수 있는지 놀랍기만 하다. 엄마는 판사의 정당한 판결을 기다리겠다는 듯 단호한 표정으로 쳐다보고 있다.

판사가 뭔가를 깊이 생각하는 듯하더니 이내 판결을 내린다. 가

정법원 법정은 모두가 속전속결이라고는 들었지만, 이토록 빠르게 재판이 끝날 줄 몰랐다.

> 1253번 강웅, 특수상해 및 폭행죄, 5호 보호 관찰 처분
> 2255번 김도윤, 특수상해 및 폭행죄, 9호 처분

엄마는 나의 판결문을 듣자마자 휠체어에서 쓰러지고 만다. 수행원들이 부산하게 움직이더니 몸집이 좋은 몇 명의 남자들이 와서 엄마를 밖으로 끌다시피 데리고 나간다. 엄마는 나 때문에 벌써 두 번째 쓰러진 셈이다.

연극은 끝났다. 허허롭다. 모든 원생이 그토록 두려워하던 '9호 처분'을 받다니. 왠지 내 몸에 9자가 기어 다니는 것만 같다. 웅은 '5호 보호 관찰 처분'을 받아 집으로 돌아가게 되었다. 말도 안 되는 거지만 웅이 이미 만들어 놓은 그물망이었다.

재판이 끝나고 차에 오르는 데 놀랍게도, 지아가 푸른 호송차에 오르고 있다. 반갑지 않다. 도대체 지아는 죄명이 무엇이기에 집으로 돌아가지 못한 것일까.

안개는 걷혔지만 내 마음은 짙은 안개로 가득하다. 며칠 전 엄마가 보낸 편지 내용이 생생하게 떠오르면서.

그날 빗길에 차가 산산조각이 나는 순간에도 엄마는 빌었다. 나

를 제발 늪에서 구해 달라고. 그때 처음으로 후회했다고 했다. 엄마의 이기심 때문에 나를 낳은 것 같아서.

'행사 날, 너와 함께 준비한 도시락을 나누며 말하려 했다. 너를 향한 어설픈 배려가 오늘의 너를 만들었을지도 모른다고. 엄마는 너에게 자유를 준 것이 아니라 방임했던 것 아닐까. 너의 일탈을 보고만 있었던 건 아니지만 어쨌든 엄마가 너무 소홀했던 것 같다.

지금 네가 유치장에서 구치소를 거쳐 감별소까지 순례하며 겪는 시련들이 너만의 책임은 아니라는 것. 통감한다. 미안하다. 아들…….

이제 넌 결단해야 한다. 단지, 형을 줄이기 위해서 진실을 말하라는 게 아니다. 넌 지금 진실을 말하지 않으면 평생 그 늪에서 벗어날 수 없을 것이다. 두려워 말고 재판 과정에서 낱낱이 말해라. 그 후 어떤 판결이든 받은 뒤, 새롭게 시작해야만 한다. 이제 엄마도 더는 너에게 방임만은 하지 않겠다. 어떤 경우이든 진실이 이긴다.'

'너는 지금 의리를 지키는 것이 아니라, 네 안의 적을 키우는 것이다.'

2부

지아,
회색 간이역

얼룩 고양이

꼬르륵, 배에서 소리가 난다. 현관문을 열자 가난의 냄새가 진동한다. 진저리가 쳐진다. 왈칵 냉장고 문을 연다. 꼬질꼬질한 손잡이의 촉감이 불쾌하다. 엄마가 팔다 남은 반찬들이 플라스틱 용기에서 퀴퀴한 냄새를 풍긴다. 오렌지 주스는커녕 요구르트 한 병도 눈에 띄지 않는다. 나는 신경질적으로 냉장고 문을 닫는다.

저녁 햇살이 거실 끝자락에 말라비틀어진 행운목을 비추고 있다. 나는 가방을 아무 데나 던져놓고 퍼질러 앉는다. 야자 빼 먹고 집으로 돌아와 빈둥거리는 이 시간만큼은 온전한 내 시간이다. 아빠는 오늘도 일자리를 찾아 나섰겠지. 엄마는 저녁 시장을 보러 나온 사람들에게 반찬을 집어 맛보기를 시킬 시간이다. 공붓벌레 언니는 도서관에 꼭꼭 숨어 아직도 집에 오려면 까마득하다.

매운 라면을 끓여 뱃속에 욱여넣는다.

'신김치에 신라면! 이게 내 인생이지. 큭.'

자조적인 웃음이 피식 나온다. 설거지통에 먹던 그릇을 던져놓는다. 엄마의 잔소리쯤 흘려 버리면 그만이다.

방으로 들어와 채팅방에 들어간다. 황금어장에 접속한다. 낯익은 닉네임이 꽤 눈에 띈다. 습관적으로 집안을 살핀다. 식구들이 알까 두려워 가슴이 옥죈다. 마음이 급해진다. 혼탁한 바다를 유영하고 있던 물고기들이 나의 닉네임에 숨 가쁘게 입질해 댄다. 어느 낚싯줄을 잡아당길까. 직딩보다는 오너가 낫겠지. 내게는 목돈이 필요하다. '대어'의 입질을 받는다. 몇 번의 채팅으로 호감지수를 높여 놓은 상대다. 독수리 타법이 아닌 걸 보면 고수임이 틀림없다. 고수를 상대할 줄 알아야 진짜 경지에 이르는 법. 나는 '대어'와의 대화창에 자판을 두들긴다.

– 벌써 수업 끝났군...

– 야자는 땡 쳤어요... 퇴근 멀었나요?

– 퇴근은 내 맘...

– 다섯 신데요, 벌써...

– 사장이잖아...수선화가 심심한가 보지... 으헤헹

– 와 족집게...군요...

– 우리 번개 할까, 삽질은 그만두고...

- 음......전 좀 비싼 줄 아시죠?

- 나도 짝퉁보다 명품이 좋아, 조건만 맞으면...

- 명품값은 쪽지로 보내주삼...

금방 쪽지가 날아온다. 기대했던 것보다 단가가 세다. 그가 내세운 조건이 맘에 조금 걸리긴 하지만, 지금 찬밥 더운밥 따질 때가 아니다. '대어'가 쪽지에 적은 금액을 받는다면, 내 지갑이 금방 불룩해질 것이다.

'대어, 닉네임 잘 지었군.'

약속 장소를 정하고 대화창을 닫는다. 가슴 한쪽에서 양심이란 놈이 반란 중이다. 이내 고개를 젓는다. 쿨하게 생각하자. 내겐 목돈이 필요하잖아. 이건 단지 아르바이트일 뿐이야.

얼마 전 돈 날린 생각만 하면 머리에 쥐가 난다. 기획사가 운영하는 예능 학원 마감일에 쫓겨서 빌린 돈인데 어쩌란 말인가. 카페지기는 돈 빌린 이후부터 계속 문자를 보내고 있다. 날짜 안에 돈 갚지 않으면 각오해라.

지금도 기획사 남자에 속았다는 사실이 믿어지지 않는다. 얼마 전 칠공주파와 홍대 앞을 서핑하듯 걸었다. 그때, 내 앞에 남자가 나타났다. 선한 눈빛에 반듯한 말투까지 사기꾼 같지는 않았다. 그가 내게 명함을 건네며 말했다.

"학생은 미모며 아우라가 남다르군요. 난 아이돌 가수며 연예인 지망생 키우는 회사를 운영해요. 학생처럼 숨은 진주를 만나는 건

행운이죠. 캐스팅하고 싶은데, 당장 우리 사무실 한번 방문해 보는 게 어때요? 바로 저긴데."

그는 오다가다 만난 사람과는 격이 달랐다. 홍대 앞 새로 지은 건물에 사무실이 있다는 말도 솔깃했다. 그를 따라 회사 안으로 들어갔다. 깔끔한 사무실 분위기에서 일에 몰두하고 있는 직원들도 멋있어 보였다. 남자는 복도를 지나며 게시판을 가리켰다. 게시판에 붙은 아이돌 가수와 연예인 사진을 보는 순간, 온몸이 뜨거워졌다. 사진 속의 주인공이 머지않아 나일 수도 있다는 생각이 들었다.

"학생도 금방 저렇게 뜰 수 있어요."

내 맘을 꿰뚫듯 남자가 말했다. 반드시 꿈은 이루어질 것이다. 또한 이루어져야만 한다. 나보다 공부 좀 잘한다고 오만방자한 언니코도 눌러 줘야 한다. 나를 발바닥의 때만큼도 생각하지 않는 엄마, 아빠 때문이라도 보란 듯이 성공해야 했다. 유명인이 된 나를 바라보는 엄마, 아빠의 모습을 보고 싶었다. 상상만으로도 통쾌했다.

"지아 씨라고 했죠? 우리 나가서 얘기 나눌까요? 마침 상담실이 꽉 차서요."

남자는 복도 끝까지 다다르자 말했다. 나는 아무 생각 없이 남자를 따라 밖으로 나왔다.

"아이돌 가수가 되려면, 우리가 운영하는 예능 학원에 등록해야 해요. 접수하는 순간부터 철저한 관리 들어가고요. 악성 연습은 물론 안무까지 철저히 지도합니다. 꼭 아이돌 가수가 아닐 수도 있어요. 관리 받다 보면, 재능에 맞는 쪽으로 안내하거든요. 자기 특성을 찾아 주는 곳이죠. 지아 씨는 여러 면에서 가능성이 보여요. 무엇보다 비주얼이 되니까, 훨씬 빠르죠. 근데 지금 대기자가 많아서 빨리 등록하는 것이 관건인데, 가능하죠?"

망설일 필요가 없었다. 내 꿈의 사다리가 되어 줄 기회다. 내 앞에서 열심히 설명하는 대표가 무작정 믿어졌다. 나를 부를 때도 '지아 씨'라는 존칭을 썼다. 배려받고 있다는 느낌이 들었다. 무엇보다 기획사의 얼굴인 사무실이 탄탄해 보여 신뢰감이 든다.

그날 집으로 돌아와 엄마, 아빠의 눈치를 보았지만 내 말을 들어줄 만한 여지도 없어 말조차 꺼내지 못했다. 스스로 해결해야만 했다. 할 수 없이 돈을 빌려 학원비를 준비한 날, 기획사 남자는 장담하며 말했다.

"일주일 내로 관리 들어갑니다. 개인 수업이 시작될 거예요. 기대하세요. 이제부터 지아 씨의 탄탄대로가 열리는 겁니다."

대표를 만나고 거리를 걷는 내내 구름 위를 걷는 것 같았다.

하루 이틀 사흘 연락을 기다리는 시간이 천년처럼 길게 느껴졌다. 드디어 일주일째 되는 날이다. 오전 내내 기다렸지만 감감무소식이다. 더는 기다릴 수 없었다. 사무실로 달려갔다. 바빠서 연락이 늦은 것이라 확신하며.

웃고 있는 게시판 연예인들의 사진이 큰 위로가 되었다. 들뜬 가슴을 누르며 사무실 안으로 들어갔다. 사람들의 눈길이 나에게 쏠렸다. 그러나 그 남자는 보이지 않았다. 가슴에 바람이 불었다. 설마?

"저, 연락 기다리다 왔는데요."

예쁘장한 여직원이 쭈뼛거리는 나를 바라보며 물었다.

"무슨 연락? 학생도 혹시?"

순간 가슴이 철렁 내려앉았다.

"네? 저 일주일 전에 등록금 냈는데요, 연락이 없어서."

"등록금? 학생도 그놈한테 낚였군. 여긴 기획사가 아니야. 스튜디오라고."

기가 막혔다. 스타들 사진을 보고 의심 없이 기획사라고 믿다니 내 발등을 찍고 싶었다. 그래서 상담실이 없다며 밖으로 나와 이야기 하잔 거였구나. 일주일 전에 날아갈 것 같던 발걸음은 어느새 지옥의 나락을 걷고 있었다.

"빌린 돈 언제 줄 거니? 못 갚으면 아르바이트 시작해야지."

카페 언니의 재촉에 난 미지의 길로 접어든다. 처음에는 죽을 것처럼 힘들었지만 참을 만하다. 빌린 돈 갚고 다시 좋은 기획사 찾아 나서면 된다. 나쁜 경험도 약이 될 날 있을 거라 믿으며.

약속 시간에 맞추려면 서둘러야 한다. 옷장을 연다. 내 옷은 너무 어리고 언니 옷은 모두 제복 같다. 그나마 화려한 분홍색 블라우스와 치마가 눈길을 끈다. 언니가 거금을 들여 산 옷이지만 소화를 못 시켜 잠자고 있는 옷이다. 특히 분홍 치마는 내 맘에 꼭 든다. 거울을 본다. 분홍색이 나의 하얀 얼굴을 더욱 돋보이게 한다. 허리에 굵은 벨트를 매니 왠지 자신감이 생긴다.

'뭘 입어도 넌 멋져.'

나는 거울 속의 여자에게 말한다. 옷을 다 입고 한 바퀴 돈다. 모델처럼 허리선을 잡아본다. 반드시 뜨고 말 거야. 엄마, 아빠는 결국 나 때문에 다른 삶을 살게 될 거야. 나는 주문 외듯 중얼거린다.

이태원 전철역에서 나와 거리를 살핀다. 외래어 간판 때문인지 거리 전체가 이국적이다. 검은 얼굴, 흰 얼굴 등 다양한 외국인들이 거리를 활보한다. 나도 이방인이 되어 빠른 걸음으로 '손님'을 맞으러 간다. 엉덩이가 큰 외국 여자가 앞에서 느릿느릿 걷고 있다. 짜증난다. 나는 빠른 걸음으로 그녀를 제치고 앞선다.

복잡한 거리를 지나 골목으로 접어든다. 보랏빛 인생, 샹그릴라, 캘리포니아 등등 찬란한 네온사인이 빛나는 곳은 모두 모텔이다. 미팅 장소인 '장밋빛 천국'이 보인다. 목이 탄다. 흑인 남자가 청바지에 손을 집어넣은 채 건들거리며 걸어온다. 나를 쳐다본다. 아니 쳐다보는 것 같다. 나도 모르게 고개를 숙인다.

'우웩!'

내장이 터진 고양이가 골목 한가운데에 널브러져 있다. 얼룩무늬 털이 핏물로 범벅이다. 왠지 불길한 느낌이 든다.

'왜 하필 내가 좋아하는 얼룩 고양이람?'

"요즘 단속반이 극성입니다. 특히 미성년자 성매매방지특별법이 강화되고 있으니, 각별한 주의 요구합니다."

황금어장에 들어갔을 때 본 공지 사항이 떠오른다. 사방을 두리 번거린다. 골목은 한산하다. 아무도 날 눈여겨보지 않는다.

어두컴컴한 모텔 안으로 들어선다. 엘리베이터는 편하긴 하지만 위험수위가 높다. 도둑고양이처럼 발꿈치를 들고 약속된 룸을 찾는다. 붉은 카펫이 내 발소리를 삼킨다. 첫 손님을 맞은 날보다 더 긴장되는 건 뭐지? 죽은 얼룩 고양이가 자꾸 눈앞에 어른거려 미치겠다.

나는 컴컴한 방에 들어서자마자 미리 준비해 온 가면을 쓴다. 고양이를 닮은 얼룩무늬가 자꾸만 껄끄럽다. 이미 샤워를 끝낸 '대어'도 가면을 쓰고 앉아 있다. 표범 모양 가면이 제법 근사하다. 그가 침대 끝에 앉아 붉은 잔을 기울이고 있다. 그가 비곗덩어리로 보인다. 대머리 평수가 넓은 것으로 보아 생각보다 심한 늙은이인가 보다. 상관없다. 약속한 봉투만 받으면 된다. 그의 끈적끈적한 눈길이 온몸에 와 닿는다. 나는 그의 눈길을 피해 샤워장으로 들어간다. 물을 크게 틀어놓고 몸을 적신다.

"물소리에 환장하겠구먼."

살찐 표범이 느물거리며 샤워장으로 들어오려 한다. 당장이라도 뛰쳐나가고 싶다. 참으세요.

최대한 부드럽게 그를 밀어낸다. '대어'가 머쓱한 표정으로 나간다. 수건으로 살짝 몸을 가리고 나와 그가 따라놓은 포도주를 마신다.

"약속은 지키는 거지?"

'대어'가 묻는다. 노란 장갑을 사용하시 않는 것! '대어'의 조건이었다. 나를 찾는 남자들은 비슷했다. 절대 노란 장갑을 사용하지 않는 조건으로 두둑한 대가를 치른다는 점에서. 내게 들어오는 두툼한 봉투에만 관심이 있을 뿐 나는 상관하지 않는다. 나름대로 재수 없게 걸릴 일은 만들지 않을 자신이 있다.

진분홍빛 포도주가 들어가자 내 몸이 작업 모드로 변한다. 술 없이는 작업에 몰두하기 힘들다. 날렵하지 못한 그가 느린 동작으로 다가온다. 대어가 입질하듯 나의 몸 위에서 유영하고 있다. 눈을 감는다. 주술을 걸 차례다.

'지금 이 순간 나는 내가 아니다. 학원비, 화려한 옷, 스포트라이트, 무대의 주인공……빚, 빚.'

대머리의 작업이 끝날 때까지 수십 번도 넘게 주문을 왼다. 어서 끝나기만을 바라며. 이물질이 몸 안에서 제멋대로 꿈틀대는 동안, 나는 내일의 햇살을 떠올린다. 이대로 내 꿈을 접지는 않을 것이다. 아이돌 가수로 뜬 다음 연기도 할 것이다. 이미 내 몸은 준비가 되어 있다. 아, 최면이 통하는 건 아니다. 내장을 보이며 죽어 널브러진 고양이가 눈앞에 아른거린다. 어지럽다, 속이 울렁거린다.

불쑥 도윤의 얼굴이 떠오른다. '대어'를 밀쳐버리고 싶어진다. 그러나 참는다. 고지가 저긴데 일을 망칠 수는 없다. 도윤이 나의 이 모습을 알아버린다면. 그냥 쿨하게! 이건 단순한 아르바이트다. '대어'의 입에서 이상한 소리가 들린다. 욕망이 사그라지는 소리일 것이다.

끝났다. 묘한 냄새와 함께 아랫배에 미세한 통증이 느껴지지만 참을 만하다. 잠시 후 들어 올 돈이면 만사 오케이다.

"수고했어."

어느새 옷을 입은 '대어'가 흰 봉투를 간이 테이블 위에 놓고 먼저 나간다. 제법 두툼하다. 개운치 않으면서도 아르바이트를 하는 이유는 바로 이 맛이다. 이제 몇 탕만 더 뛰면 빚은 갚을 것이다.

봉투를 가방에 넣고 문을 나서려는데 누군가 노크를 한다. 아니 노크가 아니다. 화난 듯 문을 마구 두드린다. 갑자기 섬에 갇힌 것 같다. 숨을 곳이 없다.

철컥, 쇳소리와 함께 문이 열린다. 후줄근한 잠바를 걸친 형사 둘이 서 있다. 나의 온몸을 벌레 보듯 훑는다. 형사들이 쯧쯧, 혀를 찬다.

"성매매방지특별법을 위반했으므로……."

그다음 말은 듣지 않아도 뻔하다. 사이트에 들어갈 때마다 공지로 올라온 경고장이 현실로 다가온 셈이다. 나의 손목에 은빛 팔찌가 채워진 순간, 정신이 번쩍 든다. 온 세상 사람들이 내게 침을 뱉는 것 같다.

모텔 밑에 경찰차가 서 있다. 가슴이 오그라드는 것 같다. 차 앞에 서자 형사가 뒤에서 나를 짐짝 넣듯 차 안으로 밀친다. 특이한 냄새가 훅, 하고 달려와 안긴다.

차 안에 한 남자가 있다. 보고 싶지 않아도 볼 수밖에 없는 얼굴이다. 가면을 벗은 얼굴은 대어는거녕 피라미 새끼다. 그를 대어로 기대했던 내가 바보 같다. 나를 향해 마구 돌을 던진다. 던진 돌에 맞아 죽고 싶다. 그의 게슴츠레한 눈과 마주친다. 속이 뒤집힐 것만 같다.

나는 인간이 아니었다. 욕망과 돈에 저당 잡힌 나와 대어라 믿은 남자를 실은 경찰차가 미끄러질 듯 달린다. 무심히 밖을 내다본다.

'널브러져 있던 얼룩 고양이가 저 어디쯤 있었는데.'

은빛 팔찌

경찰서는 공기부터 다를 줄 알았다. 나는 은빛 팔찌에 묶인 채 사무실 안을 둘러본다. 책상 위에 서류들이 제멋대로 나뒹굴고 사람들이 바쁘게 움직이고 있다. 형사과, 교통과, 소년계, 민원실 등 팻말이 붙어 있지 않다면 평범한 사무실과 다를 바 없다. 형사들의 모습도 대부분 평범하다. 왠지 형사는 딱딱하고 험악한 인상일 것 같은 선입견이 여지없이 무너진다. 범인들과 잡담하듯 조서를 꾸미는 형사도 있다. 내 옆에 끌려 온 남자를 심문하는 경찰은 이웃집 아저씨처럼 인상이 푸근하다. 하지만 나를 심문하기 위해 잔뜩 어깨에 힘을 주고 있는 내 담당은 전형적인 형사 얼굴이다. 그는 내 이름을 친 뒤 부모님 이름을 묻는다. 내가 머뭇거리자 형사가 대뜸

반말이다.

"왜 켕기냐? 이런 데서 부모님 이름 대는 거 창피한 줄은 아는가 보네."

나는 마지못해 아빠와 엄마 이름을 댄다. 내가 성매매방지특별법에 걸려 조사받고 있는 걸 알면 엄마, 아빠의 표정은 어떨까.

구차하게 사는 엄마, 아빠의 모습에 분노가 치민다. 오늘도 아빠는 텔레비전 앞에서 방바닥에 자석처럼 붙어 있을 것이다.

"있는 놈들이 더 한다니까. 지긋지긋한 코로나에 서민들만 죽을 판이고, 경기는 언제 풀릴지도 모르고……. 요즘은 한 달에 사나흘도 일할 수가 없으니 이놈의 막장 인생, 도대체 살 수가 있나……. 원!"

아빠는 뉴스 시간마다 판에 박힌 넋두리 해댔다. 택시 운전을 하던 아빠는 사납금 내기도 버거워하다 막노동판으로 뛰어든 지 일 년쯤 지났다. 일거리가 없어 거의 집에 있는 편이다. 우리 집엔 언제쯤 해가 들까. 아빠의 찌푸린 얼굴과 마주치면 복이 들어 오가다도 달아날 것 같아 숨이 막혔다.

"계집애가 저렇게 엉덩이나 흔드니, 어디에다 써먹어. 공부도 못하면서 못된 끼는 있어서. 아이돌 가수? 연예인은 무슨? 염병할. 쯧쯧……."

나의 유일한 자산인 몸 관리를 위해 훌라후프를 돌리면 아빠는 늘 혀를 찼다. 그럴수록 나는 유명인이 되어 아빠가 좋아하는 텔레비전에 나오고 싶다. 아빠가 기절하는 모습을 보고 싶다.

"아빠는 백순가 보네. 쯧쯧. 한심하군."

형사가 아빠처럼 혀를 찬다. 훅, 알 수 없는 오기가 가슴으로 치민다.

"언니도 있네? 대학생이군. 언니처럼 공부해서 대학 가지. 이게 무슨 일인가? 학생 앞날이 걱정돼서 하는 말이니까 고깝게 듣지는 말고."

형사가 배려한다는 투로 말한다. 갑자기 언니 얼굴이 떠오른다. 답답한 언니를 보면 뭐라고 할까. 튀지 않으면 아무것도 할 수 없는 가난한 집 딸 심정까지는 형사가 알 리가 없다. 내 꿈을 위해서는 가족에게 아웃사이더로 살 수밖에 없었다. 부모는 선택해서 태어날 수 없으니 아빠를 원망해도 소용없다. 스스로 구할 수밖에 없는 내 절박함을 형사가 어찌 알겠는가. 다만 성매매라는 색안경으로 나를 판단하고 질타하는 것 같아 기분 나쁘다.

조서를 다 꾸민 형사가 뼈 아픈 소리를 한다.

"단순 절도나 폭력 등으로 들어 온 애들과는 죄질부터가 달라서 큰일이네. 그리고 상습범인지도 더 조사해야 하고. 그동안 네가 활동했던 채팅방이나 인터넷 카페에도 조사가 들어갈 거다."

형사는 내일 더 조사한다며 경찰서 유치장으로 집어넣었다. 성인 범죄자들도 있는 방이다. 나를 바라보는 시선들이 곱지 않다.

'나는 얼굴에 철판을 깔아야 한다.'

스스로 다잡으며 구석에 쭈그리고 앉는다. 무능한 부모를 만나지 않았다면 이런 신세가 되진 않았을까.

"제 언니 반의반만 닮았어도……."

아빠는 틈만 나면 나와 언니를 비교했다. 아빠가 생각하는 언니는 나로 인해 과대 포장된 면이 없지 않다. 엄마, 아빠는 언니를 굉장한 우등생으로 안다. 반에서 겨우 10등 안에 드는 것을 마치 전교 수석이라도 된 듯 착각 중이다. 나는 안다. 그 정도의 공부로는 엄마, 아빠가 꿈꾸는 미래를 충족시킬 수 없다는 것을. 언니는 늘 책을 끼고 살지만 성적이 오르지는 않았다. 다만 나에 비해서 높을 뿐이었다. 언니는 날마다 씨를 뿌리고 김을 매는 성실한 농부이긴 했지만 풍성한 수확은 없다. 그런 언니를 엄마, 아빠는 신분을 일시에 상승시킬 존재로 떠받들었다.

나는 다르다. 나의 몸이 최소한의 가능성을 확보하고 있다고 믿는다.

"아빠, 난 이미 가치를 인정받은 몸이라고요. 길거리 캐스팅 그거 아무나 받는 것 아니라니까. 요즘은 투자해야 돈을 번다고요. 나, 아이돌 양성 학원만 보내 줘 봐. 거기서는 노래도 춤도 무대 매너도 다 가르쳐 준다고요. 더도 덜도 말고 딱 일 년만……. 그다음부터는 내가 다 알아서 할게요. 지금도 용돈은 내가 벌어 쓰잖아. 딸을 위해 그 정도 후원도 못하면서 내 신성한 꿈까지 짓밟냐고."

"저 저, 저, 돌머리 굴리고 있는 것 좀 봐라. 머리가 안 되면 실업 고등학교나 가서 취직할 생각은 못하고……쓸데없는 소리 하지 마. 너 줄 돈 있으면 언니 책 한 권 더 사 주겠다."

"내가 돌인 건 아빠가 물려 준 유전이지. 내 머리가 돌이면 아빠 는 돌탑이겠네……. 그리고 언닌 명품 입어도 짝퉁처럼 폼 안 나는 거 몰라?"

말을 해 놓고 아차 싶어 아빠 얼굴을 살폈다. 아빠는 혈압이 높 다. 아빠가 뒷머리를 감싸는 모습을 보니 내가 나쁜 사람 같다.

아빠는 나와 눈도 마주치지 않고 안방으로 들어가 리모컨을 이 리저리 돌린다. 아빠에게 텔레비전은 세상을 보는 통로이자 유일한 친구다. 만약 텔레비전이 없었다면 아빠의 잔소리는 쉴 새 없이 쏟 아졌을 것이다.

나는 아빠와 같은 공간에 잠시라도 머물기 싫어 밖으로 뛰쳐나 가곤 했다. 아빠는 학생이 분홍 치마를 입는다며 혀를 찼다. 그러나 각선미를 돋보이기 위해선 분홍색이 최고였다. 분홍 치마를 애용하 게 된 것은, 보그 지에서 본 전문가의 글을 읽은 뒤부터이다.

여성의 각선미를 가장 멋스럽게 표현해 주는 옷이 바로 분홍색 미니스커트다. 분홍색은 관능적이면서도 온화한 느낌, 남자들이 어머니의 자궁 속을 연상케 하는 색이다.

엄마는 몸빼바지에 빨간 점퍼가 최고의 정장이다. 몸빼바지 중에
서도 자주색 땡땡이는 최악이다. 엄마는 반찬가게 아줌마 아니랄까
봐 티를 내고 다녔다. 나는 세련된 엄마와 우아하게 백화점 쇼핑하
는 게 소원이다. 이룰 수 없을 때 더 간절해지는 법. 언젠가 엄마에
게 내 마음의 소원을 말한 적이 있다.

"엄마, 난 엄마한테 백화점 옷 딱 한 벌 얻어 입는 게 소원인데,
안 될까, 엄마?"

별 기대는 하지 않았지만, 말이라도 한번 해보고 싶었다.

"이 계집애가 뭘 잘못 먹었나. 백화점 좋아하시네. 시장 좌판에서
사는 것도 아까워 재활용함 뒤져 쓸 만한 옷 챙겨 입는 나 보고 뭐
어, 백화점? 저 철딱서니를……. 허파에 바람만 잔뜩 들어서. 쯧쯧."

엄마는 어이가 없다는 듯 혀를 찼다. 그날 이후 나는 엄마에 대
한 기대를 버렸다. 대신 내 힘으로 벌어서 독립할 날만 기다렸다.

엄마가 거실로 들어서면 젓갈 냄새가 온 집안에 진동했다. 서글
픈 엄마 냄새. 언젠가 꼭 엄마에게서도 은근한 향수 냄새를 맡고
싶었다. 내가 해줄 것이다. 머잖은 미래에.

"요즘은 도대체 어느 장단에 춤을 춰야 할지, 무조건 가짓수를
줄일 수도 없고, 마냥 늘릴 수도 없고……. 도대체 살 수가 있나."

엄마는 아빠와 입이라도 맞춘 듯 똑같이 '살 수가 있나'를 외쳤다.

살 수 없다는 말만 할 게 아니라, 잘 살 수 있는 길을 찾으면 안 되나?

엄마는 장사를 끝내고 집에 오면 엄마만의 만찬을 즐기곤 했다. 커다란 양푼에 팔다 남은 반찬을 잔뜩 넣어 비빔밥을 만들었다. 그리곤 양푼을 끌어안고 혼자 밥을 먹었다. 섣달 열흘 굶은 사람처럼 게걸스럽게. 엄마의 체중은 족히 100kg은 될 것이다. 그런데도 양푼 가득 찬 음식이 더 들어가곤 했다. 나는 그런 엄마를 보며 식욕을 참아냈다.

나는 엄마 앞에서 보란 듯이 체중계에 올라서곤 했다. 45kg. 항상 그대로인 몸매를 난 사랑한다. 내게 몸은 성공을 향한 사다리이자 자본이다. 나는 몸무게를 유지하기 위해 굶기를 밥 먹듯 했다. 요즘 아이돌이나 연예인은 노래 실력도 좋아야 하지만 빼어난 몸매가 무기다. 엄마처럼 먹고 싶은 대로 먹다가는 내 꿈조차 산산조각이 난다. 고로 나는 굶는다. 비만은 유명인으로 가는 길의 최대 적이다.

"뭘 봐, 계집애야. 너도 엄마처럼 종일 시장 바닥에 앉아서 고생해 봐야 철이 들 텐데……. 그저 겉멋만 들어서."

엄마는 내가 체중계에 올랐다 내리는 걸 보면 괜히 심통을 부렸다.

"엄마 살이 괜히 찐 줄 아니? 너, 그리고 네 아빠 땜에 받은 스트레스 살이야."

엄마는 입에서 밥알이 튀는 줄도 모르고 고함을 질렀다.

'조그만 기다려, 엄마. 나와 우리 집 식구들 모두 내 힘으로 신분

상승시켜 줄게.'

엄마도 내게 희망을 걸었던 적이 있다. 반찬 장사로 번 피 같은 돈으로 나를 종합학원에 보내준 일이다. 나는 한 달도 안 되어 학원을 때려치웠다. 무작정 학원 다닌다고 성적이 오른다면 모두 우등생이 되어야 하지 않는가. 나는 언니처럼 돈이나 축내는 딸은 되고 싶지 않았다. 차라리 그 돈으로 아이돌 양성 학원을 보내주면 가능성이라도 있을 텐데 엄마와는 절대 통하지 않았다. 언니도 수재가 아니지만 최소한 성실성은 인정한다. 그러나 나는 언니보다 머리가 나쁘다는 걸 안다. 밑 빠진 독에 아무리 물을 부어도 고이지 않는다는 걸 나는 재빨리 계산했다. 수재는 만들어지는 것이 아니라 태어나는 것이다. 이토록 평범한 진리를 엄마나 언니는 모른다는 게 문제였다.

내가 종합학원을 때려치우고 아이돌 양성 학원을 보내달라고 조를 때부터 엄마, 아빠는 서서히 나에게서 희망을 걷어내기 시작했다. 나의 꿈을 이해하는커녕 싹수 노란 불량품으로 취급했다. 언니는 외모부터 나와 다르다. 엄마의 딸임을 입증하듯 뚱뚱한 몸매에 성실해 보이는 검은 안경테를 쓰고 다닌다. 성실성의 대가로 성적은 나보다는 낫지만 한계를 넘어서지는 못한다. 하지만 엄마, 아빠는 다르다. '조금만 더!'를 외치며 오로지 언니에게만 모든 희망을 걸고 살았다. 성적이라는 게 그렇게 쉽게 오르는가. 반에서 상위권을 유지하는 것으로 성실성의 혜택을 보긴 했지만, 갑자기 신분 상승을 시킬 만큼 대단한 성적은 못 된다. 내 눈에는 언니의 생활방식이 이기적으로 보이지만 언니가 현명한 것인지도 모른다. 언니를 공주처럼 떠받들며 하인 노릇도 마다하는 엄마, 아빠가 불쌍하다. 나는 적어도 언니처럼 승산 없는 일에 목숨 걸진 않는다. 천지개벽하지 않는 한 언니 성적으로는 엄마, 아빠가 꿈꾸는 Y대학 법학부 근처도 못 간다. 나는 언니가 더 가증스럽다. 나중에 받을 엄마, 아빠의 상처는 아랑곳없이 엄마, 아빠의 꿈을 부추기는 모습이.

형사의 조사를 받는 나를 보면 언니는 뭐라고 할까. 엄마, 아빠는 생각해 보나마나 뻔하다. 언니 하나만 잘되면 그뿐, 나는 이미 내친 자식이나 다름없으니 별로 놀라지 않을지도 모른다.

다음 날 다시 형사 앞으로 불려 나갔다.

"여보세요? 이지아 아버지 되십니까? 여기 경찰선데요."

형사가 수화기에 대고 묻는다. 나는 얼른 시선을 돌린다. 더 듣고 싶지도 않고 기대도 하고 싶지 않다.

"그렇다고 내 자식이 남의 자식이 됩니까? 미성년자 범죄는 보호자도 책임 있습니다. 그래요? 참 내, 어쨌든 알겠습니다."

형사가 전화기를 내려놓으며 나를 바라본다.

"너 같은 딸 둔 적 없단다."

나도 무표정한 얼굴로 형사를 바라보며 톡, 쏘았다.

"나보고 어쩌라고요?"

비교는 싫어!

늦은 밤 도서관에서 언니가 들어오면 엄마는 목소리부터 달라진다.

"우리 딸, 이제 오냐. 공부하느라 힘들었지? 밥 먹어야지. 너 좋아하는 돼지갈비찜 했는데 지금 차릴까?"

엄마는 언니에게 아예 절절맨다. 언니는 엄마 말을 들은 척도 않고 방으로 들어갈 때도 있다. 그럴 때는 분명 엄마의 행동에 부담을 느꼈을 것이다. 언니는 때때로 카멜레온 같다. 겸손한가 하면 교만하기 그지없고, 푸근한 몸매처럼 너그러운가 하면 까칠해서 재수 없을 때도 많다. 남들은 소개팅이다 미팅이다 바쁜데, 통짜 몸매 언니에게는 그림의 떡 같은 일인 걸까. 아무튼 나는 언니가 미팅했다는 말을 한 번도 들은 적이 없었다.

어느 날은 언니의 연기가 눈물겨울 때도 있다. 밖에서 분명 밥을 먹었을 텐데도 엄마의 친절을 거절하지 못하고 또 먹는다. 엄마는 그런 언니 앞으로 반찬을 밀어놓으며 행복한 미소를 지었다.

효녀 노릇은 아무나 하는 건 아니었다. 난 꾸역꾸역 밥을 먹고 있는 언니가 불쌍해 보였다. 엄마가 잠시 방으로 들어간 사이 언니에게 말했다.

"언니, 먹기 싫으면 먹지 마. 왜 그렇게 살아?"

언니가 수저를 든 채 나를 쳐다보았다. 뭔가 망설이는 듯하다가 단호하게 말한다.

"넌 나처럼 살지 마. 네 의지대로 살아. 나도 너처럼 편했으면 좋겠다."

의외였다. 언니가 낯설게 보였다.

"그건 언니 스스로 만든 거잖아. 아냐?"

"어쨌든, 부모님이잖아."

부모라는 이유만으로 무조건 자신의 의지는 내세울 수 없는 걸까. 난 그렇게 살고 싶지는 않다. 언니를 바라보자니 너무 답답했다. 그때 손전화가 부르르 떨었다.

칠공주파 집합

그동안 각자 아르바이트하느라 바빴는지 연락이 없더니 오랜만의 부름이다. 칠공주파는 미운 오리 새끼 집단이다. 가족조차도 무엇을 해서 옷을 사 입고 예쁜 머리핀을 꽂고 다니는지 관심을 두지 않았다. 아파 본 사람만이 상대방의 아픔을 아는 법이다. 우리는 한눈에 서로를 알아본 것처럼 모임을 만들었다. 싫증 나지만 일곱 명의 공주가 되기로 했다.

> 어디로?

문자메시지를 보냈다.

> 우리들의 아지트. 너 아이돌 가수 모델로 알아본 예리한 눈이 만나잔다.

> 사람 볼 줄 아네.

'이놈의 미모가 문제라니까.'

거울을 보며 내게 말했다. 나도 아이돌 양성 학원비에 꾼 돈에 정신없이 살았는데 다른 공주들은 어찌 지냈을까 궁금했다.

"와! 사진보다 훨씬 엘레강스하네요. 잘 부탁해요."

여드름이 징그럽게 난 남자애가 손을 내밀었다.

"너의 미모를 대번에 알아본 짱이야."

문자를 날렸던 애가 거든다. 짱은커녕 얼빵이다. 그 옆에 얼굴이 하얀 꽃남이는 말이 없다. 문득 도윤을 닮았다고 생각한다. 불현듯 도윤이 보고 싶어졌다. 이 아지트는 도윤의 아지트이기도 한데 오늘은 그림자도 없다.

"오늘 이렇게 만난 기념으로 한 판 쏠게요."

얼빵이 제안한다.

"한 판 쏜다는 건, 피자가 아니라 소맥과 오징어다. 알지?"

누군가가 확인하듯 묻는다.

쿨하게 놀자고 다짐은 하면서도 머릿속은 개운치 않다. 아직 목
표액에 도달하지 못한 갈증이 날 옥죈다.

어느새 아지트는 대형 술집 분위기다. 집보다 더 편안한 곳. 맘껏
마시고 즐길 수 있는 곳. 게다가 어쩌면 도윤을 만날 수 있는 곳. 내
가 창신동의 이 아지트를 사랑하는 이유다. 또 하나는 떠도는 도둑
고양이 중에서 내게 꼬리를 비비던 얼룩 고양이 때문이기도 하다.
누구에게 사랑을 받던 고양이일까.

도윤을 처음 만났던 날이었다. 늦은 밤 술판을 벌인 우리 주위를
도둑고양이들이 맴돌았다. 오징어 다리를 들고 고양이를 불렀다. 다
른 고양이는 들은 척도 하지 않는데 얼룩 고양이가 몸을 비비 꼬며
내게 다가왔다. 신기했다. 나는 오징어 다리를 바로 앞에 놓아주었
다. 얼른 물고 달아났던 얼룩 고양이가 다시 나타난 건 칠공주들이
술에 취해 졸고 있을 때였다. 얼룩 고양이는 내 손짓에 살금살금 다
가왔다. 그리곤 내 몸에 꼬리를 뒤틀며 비비기 시작했다. 고양이 털
의 감촉이 부드럽다는 걸 그때 처음 알았다. 나는 칠공주들의 손에
들린 오징어를 얼룩 고양이에게 내밀었다. 이번엔 갈 생각도 하지 않
고 바로 앞에서 오징어를 먹었다. 그 후부터 난 얼룩 고양이를 특별

하게 대했다. 얼룩 고양이도 내게 특별한 것처럼 굴었다.

그날 도윤의 멤버들은 보이지 않았다. 홍대 앞이나 강남역으로 헌팅을 나간 것일까. 도윤은 얼룩 고양이처럼 신비한 구석이 느껴지는 애였다. 그때 얼룩 고양이가 나타났다. 반가움에 손을 내밀자 그대로 고양이 무리 속으로 사라졌다. 갑자기 도윤에게 무슨 일이 있는 건 아닐까 불안했다.

문득 핸드폰을 열어 보았다. 부재중 전화 표시가 몇 건 있지만 도윤은 아니었다. 집은 더더구나 아니다. 딸이 야심한 밤에 들어오지 않아도 전혀 관심조차 없다니. 아무리 쿨하게 생각한다면서도 엄마, 아빠가 조금은 원망스럽다.

나는 엄마, 아빠에 대한 원망을 안주 삼아 술을 마셨다. 엄마, 아빠에게 나는 언니의 그림자보다 더 미약한 존재였다. 늘 가방만 던져놓고 집을 나와 뜬구름을 쫓는 딸이었다. 하지만 가장 중요한 사실은 내게는 절대로 뜬구름이 아니었다. 뜬구름이 아니란 사실을 받아들이게 하기 위해선 일단 돈을 마련해야 했다. 내가 할 수 있는 돈벌이는 아르바이트밖에 없었다. 물론 가족에게는 일급 비밀이었다. 목표를 이루기 위한 잠시의 돈벌이일 뿐 내게 아르바이트 방식은 별로 중요치 않았다. 칠공주파들이 하나둘 자리에서 일어난다. 나도 일어났다.

새벽바람이 나의 분홍 치마 속으로 파고들었다. 도윤에게 예쁘게 보이고 싶어 분홍 치마를 입었던 속내를 칠공주들이 알까 봐 추위를 애써 밀어냈다. 새벽공기가 을씨년스러웠다. 어디선가 고양이 울음소리가 들렸다. 나는 두리번거리며 얼룩 고양이를 찾았다. 아무 데도 보이지 않았다. 그때 얼룩 고양이를 만났더라면 또 다른 운명의 갈림길이 나타났었을까.

"완전 상습범이었군. 채팅방 카페지기가 모두 자백했다. 현장범에 상습범까지 다 드러났으니 콩밥 좀 먹어야겠다."

팩스를 뽑아 든 형사가 내게 말한다. 그날 새벽처럼 마음이 춥다. 혼자 뭔가를 끄적이는 도윤을 닮고 싶어, 나도 내 마음을 표현해 본다. 언제부터인가.

엄마, 아빠의 우상은 궁극적으로 돈이었다. 돈이 있어야 신분 상승도 되고, 건강도 얻을 수 있고, 명예도 얻을 수 있다고 믿는다. 그 부분만 나와 같았다.

"우린 어차피 하루살이 인생처럼 이렇게 살다 갈 뿐이지만, 네 언니는 우리 집의 희망이자 대들보다."

아빠가 술 마실 때마다 하는 말이었다. 나는 하루살이 인생이 내게 전이될까 봐 겁이 난다. 나는 현실에서 탈출하듯 날마다 훌라후프를 돌린다. 빙빙 돌려서 이 암울한 분위기를 벗어날 수만 있다면. 이 훌라후프가 아이돌 가수가 되려는 내 꿈을 이루어 줄 것만 같다.

"남들은 공부하느라 바쁜데 넌 허구한 날 엉덩이만 돌리고 자빠졌냐. 네가 정신 차리고 공부만 한다면 사채를 빌려서라도 시켜 준다는데……."

허리선을 살피느라 거울을 보는데 엄마가 또 태클을 걸었다. 아빠처럼 습관적으로 해대는 잔소리다. 사채를 빌려서 이익이 없을 게 뻔한데 쏟아붓는 건 바보짓이다. 무조건 비싼 학원만 가면 공부가 절로 된다고 믿는 엄마를 내 힘으로 이해 시키기에는 역부족이다.

'뱁새가 황새 쫓아가려다 가랑이 찢어지지.'

시장 사람들은 언니를 비정상적으로 믿으며 유명 학원에 보내는 엄마를 비아냥거렸다.

간이
역, 감별
소 _

아직도 멍하다. 도윤을 감옥에서 만나다니. 나는 도윤을 웅이나
다른 멤버들과는 다르게 생각해 왔다. 그냥 날라리, 양아치는 아닐
거란 말이다. 도윤은 생각이 깊었고, 같이 술을 마셔도 허튼짓을
안 했다.

"네 속엔 깊은 우물이 있는 것 같아."

나는 일부러 그에게 작업을 걸어보기도 했다. 그는 말없이 술만
마실 뿐 다른 아이들처럼 쓸데없는 말로 환심을 사려 한다든가, 너
스레를 떨지 않았다. 그래서 좋았다. 내색은 하지 않았지만, 어쩌면
도윤도 내 마음을 읽었는지 모른다.

도윤의 감옥행은 예정된 일인지도 모른다. 일진 회원 중에는 웅

이 사고 치는 현장에 있었다는 이유만으로도 공범 취급을 받은 애가 많다. 그러면 대부분 웅과 같이 '별'을 달았다. 멤버들은 별을 달고 나오면 마치 큰일이라도 치른 듯 자랑했다. 그건 칠공주파도 마찬가지다. 그러나 도윤은 웅을 믿는 것 같았다. 아지트에서 볼 때마다 도윤은 진심으로 웅을 영웅처럼 대접해 줬다. 결국 도윤은 영웅을 따라 감옥까지 동행한 셈인가. 어쨌든 마음이 쓰리다.

도윤은 호송차 맨 앞에 앉아 몽유병 환자처럼 밖을 내다보고 있었다. 차에 오르려는 나와 눈이 마주친 도윤은 당황했다. 그건 나도 마찬가지다. 나는 뭔가 그에게 말을 건네고 싶었는데 뒤따라오는 원생들이 밀어서 뒤로 갈 수밖에 없었다. 놀라움은 도윤을 만나는 일로 끝나지 않았다. 도윤을 피해 뒤로 가다 나는 하마터면 소리를 지를 뻔했다. 웅이 빡빡머리에 씨름선수처럼 어깨를 의자에 붙이고 앉아 나를 응시하고 있었다. 웅이 내게 알은체했다. 웅의 팔목에 있는 은빛 팔찌에 눈길이 갔다. 웅 역시 나의 팔목을 바라본다. 동질감과 이질감이 교차하는 순간이었다. 아지트 멤버에서 감옥 동기까지 되다니. 쓴웃음이 나왔다. 평범한 기숙사처럼 보이는 건물 안으로 호송차가 들어간다. 교도관들이 나와 원생을 맞는다.

남자 원생들이 머물 옥사는 웅대하다. 높은 담장을 빼면 일반 학교와 차이가 없다. 그곳으로 신병처럼 꼿꼿한 자세로 들어가고 있다. 여자 원생들이 수용될 곳은 대강당 뒤편에 있는 낡은 옥사다. 우리를 인솔하는 여교도관은 말없이 앞만 보고 걷는다. 원생들에게 관심이 없는 것 같다. 나는 여교도관의 뒤를 쫓으면서도 예기치 않은 만남에 대한 흥분이 가라앉지 않는다. 뒤를 돌아본다. 놀랍게 도윤도 나를 물끄러미 바라보고 있다. 그의 눈빛이 촉촉해진 것 같다. 빨리 와. 여교도관이 낮게 소리친다. 빠른 걸음으로 쫓는다.

옥사 안으로 들어오자마자 퀴퀴한 냄새가 코를 자극한다. 감별소만의 냄새일까. 비 내리는 날 오래된 방안에서 나던 곰팡내와 같다. 경찰 유치장과 서울구치소에서도 나던 냄새다. 냄새 때문에 저녁이면 늘 머리가 아팠다. 이 냄새로부터 해방될 날은 언제쯤일까. 갑자기 집 냄새가 그리워진다. 내가 가족에게 큰 충격을 준 건 틀림없다. 엄마, 아빠는 딸이 성매매방지특별법이라는 치명적인 죄명으로 잡혔으니 창피할 것이다. 그렇다고 단 한 번도 면회를 오지 않는다니. 조서를 꾸밀 때 담당 형사가 내 앞에서 아빠와 통화하던 기억은 잊을 수 없다.

"아빠가 넌 당신 딸 아니라고, 소년원에 가든 말든 아무 상관 없다는데 어쩌냐."

나는 온몸이 땅으로 꺼지는 것 같았다. 내 잘못보다는 이 세상에 버려진 것 같은 기분이 더 많이 들었다. 그때는 아빠가 너무 화가 나서 한 말이려니 했다. 그러나 유치장을 거쳐 서울구치소에 머무는 동안 가족에게선 아무 연락이 없었다. 다른 원생들의 부모가 매일 찾아와 울고불고 난리를 치는 것을 보며, 버림받은 존재 같아 뼛속까지 아팠다. 물론 언니는 엄마, 아빠를 거스를 수 없을 것이라는 걸 안다. 하지만 엄마마저도 나를 버린 걸까. 아니면 아빠 때문에 올 수 없는 걸까. 땅거미가 질 즈음만 되면 더욱 집이 그립다. 아무도 반겨주지 않는 집을 그리워하는 자신이 불쌍하다. 서글프다.

집 생각에 넋을 놓고 있는데 여교도관이 나의 등을 친다. 이미 원생들은 각기 다른 방으로 들어가고 있다. 여교도관은 내가 들어갈 방을 손끝으로 가리킨다. 복도 맨 끝에 있는 1호 방이다. 한 달간 머물 방을 찾아 복도를 지난다. 밖에 있을 때 감별소에 대해 듣긴 했다. 그래서인지 이 안에 들어오니 더 으스스하다. 특히 여자 옥사의 원성은 전설처럼 자자했다. 잘 견딜 수 있을까. 걱정이다.

"사육장에서 병든 병아리 골라내듯, 감별소는 질이 안 좋은 원생 솎아내서 정보산업학교라 칭하는 소년원으로 보내는 곳이야. 나처럼 자동판매기 돈 털다가 들어 온 애들은 한 달만 썩으면 보호관찰로 나올 수 있어. 그래도 한 달간 얼마나 쫀다고. 재수 없어서 상담사한테 찍히면 소년원으로 가게 되지. 얼마나 긴장되는데. 너희처럼 피라미들은 상상도 못할 곳이지."

이미 감별소에 다녀온 칠공주파 미란이 영웅담처럼 쏟아놓던 말이 생각난다. 내가 바로 그 현장에 와 있다니. 믿기지 않지만 현실이다.

1호 방에 들어가자 일제히 내게 눈길이 쏠린다. 바싹 긴장된다. 어서 신고식 끝내고 잠이나 잤으면 좋겠다.

"어서 짐 풀어놓고 우선 2층에 있는 상담실부터 다녀와라. 1차

면담이 너의 인생을 좌우한다는 걸 명심하고……."

여교도관이 명령한다. 다행이다 싶지만, 어차피 치를 것이라면 빨리 끝냈으면 싶다. 하지만 이곳은 명령에 살고 죽는 곳이다. 나는 그녀의 명령대로 상담실을 찾아 나선다. 상담 순서는 죄질이 약한 원생부터 이루어진다. 오늘 감별소에 들어 온 15명 중에 내가 마지막이다. 상담실 계단을 올라간다. 혹 도윤도 상담실에 오는 건 아닐까. 어쩌면 도윤과 만날지도 모른다는 생각이 들어 두리번거렸다. 설레는 마음으로.

상담실은 2층 화장실 옆에 있다. '상담실'이라고 쓴 문구를 보는 순간, 학교 생각이 난다. 학교 상담실을 이용했더라면 여기까지 흘러오게 되지 않았을까. 결코 아니다. 내게 학교는 열등감만 심어 준 곳이다. 공부 잘하는 애들만 우대받는 세상, 나같이 공부 못하고 흙수저 집안 애들은 늘 뒷전이었다. 단 한 가지 기쁨이 있다면 점심시간뿐이다. 때론 학교에 밥 먹으러 다니는 것 같다는 생각이 들 때도 있었다.

선생님들도 나 같은 존재는 안중에 없었다. 내 부모처럼. 지겨운 회색 벽돌 안의 일은 학교나 감별소나 다를 바 없다.

잡념을 날려 보내고 살며시 문을 연다. 중후한 차림의 남자가 들어오라고 손짓을 한다. 나는 모범생처럼 공손히 인사한다. 상담사가 은밀한 눈길로 바라본다. 그의 앞에 노란 서류가 놓여 있다. 상담사는 이미 나에 대해 알고 있을 것이다. 그가 나의 온몸을 훑고 있다.

남자의 눈이 미묘하게 움직인다. 묻고 싶다. '성매매라는 말이 상담사님을 자극했나요? 지금까지 거쳐 온 형사나 검사가 그 말에 민감했던 것처럼요.'라고. 그러나 나는 얌전한 여학생처럼 다소곳이 상담사의 말을 기다린다.

"앉아야 이야기를 나누지."

감정이 전혀 묻어나지 않은 담담한 말투다. 그러나 카리스마가 넘쳐나는 목소리다. 나는 온몸이 굳을 만큼 긴장되었지만 다소곳이 의자에 앉는다.

"성매매법을 위반했군. 그것도 상습적으로……어쩌다……잠깐의 실수겠지."

실수여야 한다. 네 나이에 그런 짓을 한다는 건 있을 수 없다. 이 말을 하고 싶었을 거다. 나는 상담사의 입에서 '실수'라는 말을 듣자마자 고개를 끄덕일 뻔했다. "네, 실수였어요."라는 답과 함께. 그건 아니다. 거짓을 진실처럼 말하는 건 쉽다. 거짓이 진짜보다 더 진짜로 보이는 세상이니까.

'네가 한 짓이 실수였니?' 내게 묻는다. 고개를 젓는다. '그건 아니다. 나는 놀이로 아르바이트를 한 건 아니었어. 뚜렷한 명목이 있었다. 목적 있는 경제활동이었단 말이야.' 속으로 열심히 자신을 변호하며 상담사를 바라본다.

"아니요. 제가 선택했어요."

"선택이라……. 이해가 안 되는군."

"돈을 벌기 위해 제가 택한 아르바이트라고요."

"그건 자기기만이자 억지지. 네 또래가 한 시간 아르바이트해서 얻는 돈이 얼마인지 알고 있지? 근데 너는 한 시간에 얼마 받았지? 적어도 10만 원은 되지? 그런데도 아르바이트라고? 더럽고 가증스러운 것 같으니……."

침이라도 뱉고 싶다는 표정이다. 더럽고 가증스럽단다. 그의 말이 송곳이 되어 심장을 찌른다. 맞다. 또래처럼 아르바이트하면 쥐꼬리만 한 돈밖에 못 번다는 것쯤 안다. 그렇다고 좀 더 많은 돈을 벌 수 있는 조건을 택했던 게 그리 큰 죄인가. 내 몸 투자한 것일 뿐인데. 그런데 지금 저 상담사가 보이는 느끼한 눈빛은 또 뭔가.

"살인보다 더 나쁜 건, 자신이 지은 죄를 합리화 시키는 거지."

"……."

"성매매한 목적이 그러니까. 선택이었다고?"

"네. 저는 빌린 돈을 갚아야 했어요."

"큰돈을 빌렸나 보네. 용도는?"

"최고급 아이돌 양성 학원에 다니고 싶었어요."

말해 봤자 소용없다는 걸 알면서도 대답을 안 하면 더 꼬일 것 같아 말해 버리고 만다.

"최고급 아이돌 양성 학원 다니면 최고급 인생을 살 수 있나?"

"내가 다른 애들처럼 야자를 열심히 한다고 해서 내 삶이 장밋빛 인생이 될 거라는 보장도 없잖아요."

나는 하고 싶은 말을 가슴에 담고 사는 형이 못된다. 형사나 검사 혹은 상담사 앞이라고 달라질 수 없다. 상담사가 나를 한참 쳐다본다. 말문이 막힌다는 표정이다. 하지만 이내 부드러운 표정을 지으려 애쓴다. 고수가 따로 없다. 함부로 자기감정을 비춰서 품위를 잃는 유형이 아닐 것 같다. 그가 자리에서 일어나 정수기 물을 받아 들이켠다. 다시 책상으로 가 앉으며 노란 서류철을 덮는다.

"오늘은 첫날이니 여기까지 하자. 흠……. 앞으로 얘기가 재밌을 것 같군."

상담사는 나긋나긋한 그러나 전혀 녹록지 않은 말로 끝낸다. 나는 떠밀리듯 의자에서 일어난다. 그는 내가 미처 문을 나서기도 전, 소리가 나도록 문을 황급히 닫는다. 내가 너무 당돌했나. 무조건 잘못했다고 빌어야 하는 건데. 모르겠다. 어서 방에 가자. 오늘은 방 신고식도 치러야 한다. 산 넘어 산이다.

상담실에서 내려와 1호 방을 향해 걷는다. 곳곳에 제복 입은 교도관들이 눈에 띈다. 교실마다 쳐진 쇠창살을 보자 섬뜩해진다. 복도는 고요하다 못해 적막감마저 든다. 왠지 발뒤꿈치를 들고 걸어야 할 것만 같다. 학교 복도를 맘대로 활보하던 때가 먼 옛날 같다. 이 순간만큼은 학교로 돌아간다면 왠지 모범생처럼 살 것 같다.

복도 끝자락 1호 방 앞이다. 담당 교도관이 열쇠로 문을 열고 안으로 밀어 넣는다. 영락없이 우리 안에 갇힌 짐승 꼴이다. 주위를 둘러본다. 서너 평쯤 되는 공간에 열 명 정도 여자 원생들이 앉아 있다. 그들은 공책에 뭔가를 끼적이고 있다. 학교 같다. 그건 착각이라는 걸 금세 깨우치는 일이 날 기다리고 있다.

내가 쭈뼛거리며 가방이 있는 곳에 앉는다. 방 분위기가 심상치 않다. 예상했던 바라 놀랍지도 않다.

"내가 방장이다. 완전 모델이군. 쭉쭉 빵빵 몸매 죽~이~는데……. 공주님이 이런 곳엔 어찌 왕림하셨을까. 스크린에나 어울릴 것 같은데……."

씨름선수처럼 몸집이 큰 여자애가 설레발이다. 각진 얼굴과 거무튀튀한 피부 탓인지 억세 보인다. 나보다 선배일 듯싶다. 무슨 죄명일까, 저 여자는. 나는 엉뚱한 생각을 하며 지루한 시간을 보내려 애쓴다.

"신고식은 치러야지. 더군다나 이쁜 것이 들어왔는데 그냥 넘어갈 순 없지."

방장의 걸걸한 목소리에 원생들이 우, 함성을 지른다. 가만히 고개를 들어 방 안을 훑어본다. 도둑질하거나 자판기 털기, 혹은 패싸움하다 들어 온 떨거지들이겠지. 물론 나처럼 성매매방지특별법에 걸려 들어온 족속도 있을 테고. 니스칠이라도 해 놓은 듯 모두 빤빤한 얼굴들이다. 맞짱을 떠도 될 것 같다는 생각이 들자 이상하게 힘이 솟는다.

"나, 모델은 아니지만, 연예인 지망생 맞아. 그게 뭐?"

방장이 어이없다는 듯 웃는다. 나도 따라 웃는다. 원생들이 야유를 퍼붓는다. 순간, 방장이 미친 듯 나의 머리를 잡아챈다. 그녀의 손이 아빠 손보다 더 억세다.

"열나 싸가지네. 어디서 굴러먹던 개뼈다귀가, 여기가 어딘 줄 알고 주둥일 나불거려!"

방장이 나의 검은 머리칼을 한 움큼 들고 있다. 한 줌이나 되는 머리카락을 나의 얼굴에 뿌린다. 나도 모르게 가슴에서 뜨거운 김이 확 솟는다. 그러나 참는다. 더는 대거리를 해선 안 될 것 같다고 판단한다. 무릎을 꿇는다. 원생들이 다시 우, 야유를 퍼붓는다. 그래도 상관없다. 이 순간이 어서 지나가길 빌 뿐이다.

"너 같은 초범은 감별소에서 한 달만 죽어지내면 돼. 괜히 방장이나 원생들과 싸움질해서 인생 조지지 마라."

구치소에서 귀가 닳도록 들은 말이다. 순간의 치기 때문에 괜한 고생은 말자. 똥이 무서워서 피하는 사람은 없다. 자신을 달랜다.

"넌 지금부터 내 따까리다. 맛있는 반찬은 모두 상납할 것. 특히 특식은 무조건. 참고로 난 돈가스 좋아한다."

"네……"

꿇었던 무릎을 풀며 죽은 듯이 대답한다. 방장이 징그럽게 웃는다. 아르바이트가 끝낸 뒤 웃던 남자들의 모습이 떠오른다. 퉤, 침을 뱉고 싶다. 입안 가득 머문 침을 꿀걱 삼킨다. 듣기론 신고식이 꽤 벅적지근할 줄 알았는데 싱겁게 끝난 것 같다. 하지만 기분은 꿀꿀하다. 나는 가방을 챙겨 자리에 와 앉는다.

"정말 예쁘다, 언니."

옆에 있는 원생이 나의 귀에 대고 속삭인다. 언니라는 말이 정겹다.

"근데 언니 정말 모델 같아."

또 속삭인다. 나의 신상 정보가 궁금해 죽겠다는 표정이다. 그녀는 유난히 키도 작고 얼굴도 오종종하다. 사슴같이 까만 눈망울을 반짝이며 묻는 모습이 귀엽다. 나이도 어려 보이는데 넌 왜 여기까지 왔니. 묻고 싶지만 때가 아닌 것 같아 참는다. 대답하지 않자 꼬맹이는 삐쳤는지 돌아눕는다. 왠지 친근감이 든다.

짐 정리를 마치자 저녁 식사 시간을 알리는 벨이 울린다. 원생들 얼굴에 생기가 돈다. 학교에서 점심시간 기다리는 아이들의 표정보다 더 신나 보인다. 방장이 내게 눈짓을 한다. 방장의 뒤를 쫓는다. 식당으로 가는 길목에 저녁노을이 내려와 앉았다. 집 생각이 난다. 당장이라도 달려가 가족 모두에게 불같이 화를 내고 싶기도 하고, 죽은 듯이 엎드려 용서를 빌고 싶기도 하다. 엄마와 아빠는 내 생각 눈곱만큼이라도 할까.

식당에 들어선다. 남자 원생들이 허겁지겁 밥을 먹고 있다. 빡빡머리 천지다. 좀 더 줘요. 방장이 걸걸한 목소리로 구걸하듯 식판을 내밀고 서 있다. 그래봤자 소용이 없다. 방장이 씩씩거리며 식판을 들고 자리로 간다. 내 차례다. 대형 주걱과 국자보다 내용물은 너무 적다. 식당 직원들은 식판 위에 음식물을 던지듯 성의 없이 퍼 준다. 최대한 음식을 적게 주려 애를 쓴다. 우습다. 아직도 먹는 걸 갖고 원생을 다스리다니. 나는 식판 위에 반찬을 유심히 본다. 멀건 된장국, 깍두기 몇 알, 시금치나물, 그리고 시커먼 잡곡밥이 전부다. 가난한 우리 집 식단도 이것보단 낫다. 방장이 돈가스가 왜 특식이라고 했는지 알 것 같다.

나는 식판을 들고 자리를 찾으며 남자 원생들을 눈여겨본다. 혹, 그들 속에서 도윤을 만날 수 있을지도 모른다는 생각으로. 보이지 않는다. 가슴 속에 알 수 없는 바람이 분다.

나는 방장 옆으로 가 앉는다. 어느새 방장의 식판은 깨끗이 비워졌다. 밥알이 모래알처럼 입안에서 맴돈다. 왜 맛없어? 방장이 내게 묻지도 않고 밥과 반찬을 가져간다. 나는 그저 고마울 뿐이다. 엄마가 양푼에 비벼 먹던 밥을 먹고 싶다. 살이 쪄도 상관없을 것 같다.

밤 9시가 되자 일제히 불이 꺼진다. 잠이 안 와도 자야만 한다. 감별소의 첫날이 많은 일들 속에서 지나가고 있다. 도윤은 신고식을 어떻게 치렀을까. 나처럼 머리채는 잡히지 않았을 테지. 단 한 번만이라도 도윤과 이야기할 기회가 닿기를. 이만큼 간절한 적이 있었던가?

끔찍한 거래

"언니네 엄마, 아빠는 오늘 올 것 같아?"

영희가 가까이 다가와 묻는다. 영희는 나를 친언니 이상으로 따른다. 실제로 영희는 언니가 없단다. 언니는 물론 엄마, 아빠 얼굴조차도 못 보고 보육원에서 자라다 5학년 때 무작정 탈출했다. 갈 곳이 없어 떠돌며 상습 절도범으로 잡혀 온 아이다. 영희는 아픔을 말할 때도 웃었다. 키가 작고 보조개가 귀여운 영희는 모든 걸 낙천적으로 생각했다. 나는 영희가 한 번도 얼굴을 찡그리거나 남에게 싫은 소리를 하는 걸 보지 못했다. 그래서 더욱 슬퍼 보이는 아이다.

"글쎄, 공문으로 편지를 보냈다니까 연락은 받았을 테고."

나는 엄마, 아빠가 공식 행사에 나타날 거란 확신은 없지만 마음만은 간절하다. 단 한 번도 오지 않았는데도 기다려지는 건 어쩔 수 없다. 그리운 것과 이해하는 건 별개의 문제다. 만약 엄마, 아빠가 온다면 나는 따지고 싶었다.

"나를 부끄럽게 생각하는 건 알아요. 그리고 이해할 수 있어요. 하지만 난 성공해서 엄마, 아빠를 내 힘으로 행복하게 해 드리고 싶었다고요. 그것마저 몰라주면 억울해요."

하지만 엄마, 아빠가 오기만 한다면 모든 걸 용서할 수 있을 것 같다. 너무도 가족이 보고 싶으니까.

"좋겠다, 언니는. 기다릴 가족이 있어서……. 난 오늘 같은 날이 제일 싫더라. 이런 날이면 내게 엄마, 아빠가 없다는 것이 더욱 서럽거든."

영희가 평소와는 달리 시무룩한 표정으로 말한다.

"처음 자판기 뜯을 땐……. 진짜 떨렸어. 손을 못 빼면 어쩌나……. 엄청나게 걱정했지. 근데 언니들이 알려 준 대로 했더니 쉬웠어. 열 번 정도는 무난히 통과했는데……. 재수 없게 고장 난 자판기 뜯다가 현장에서 잡혔잖아. 근데, 언니. 나 솔직히 여기가 좋다. 모델처럼 이쁜 언니도 만나고……. 여긴 공원이나 시장 건물 화장실보다 안전하잖아. 밥도 공짜로 주고."

영희의 얼굴이 아기처럼 해맑다. 밥이 공짜라서 감별소가 좋다는 영희를 보며 가슴이 뜨거워진다. 살찔까 봐 억지로 굶었던 게 사치스럽게 느껴진다. 우리 집은 왜 늘 가난하냐고 엄마에게 대들었던 순간이 부끄럽다. 영희에 비하면 나는 부자인데 지금까지 불평만 늘어놓았다.

"강당에 빨리 가야 좋은 자리 맡지. 오늘 가수도 오구……. 맛있는 것도 준다며? 언니는 디데이가 될 수도 있잖아. 언니네 엄마, 아빠 오시면 나도 불러 줘."

강당은 온통 축제 분위기다. 붉은 융단이 유난히 눈에 띈다. 모든 건물이나 강당 등이 학교 같으면서도 전혀 다른 분위기다. 그래서 헷갈린다. 교도관도 선생님이라고 부르긴 하지만, 학교 선생님처럼 공부를 가르치는 일은 없다. 다만 감시하고 관리할 뿐이다. 무늬만 학교 같달까. 한마디로 정의하기 힘든 곳이다. 오늘도 축제 분위기이긴 한데, 가족이 오고 안 오고에 따라 점수가 달라진다고 한다. 수행평가하듯 그 기록이 재판에 큰 역할을 한단다.

잠시 후, 강당이 외부 인사와 원생들로 꽉 찼다. 소장의 인사말이 끝나면 종교별로 나뉘었다 한 시간 후 다시 모여야 한다. 영희는 무조건 나를 쫓아오겠다고 한다. 그 모습이 앙증맞다. 기독교 신자들이 모이는 행사장으로 들어간다. 몇몇 아줌마들이 어깨에 띠를 두르고 우리를 반갑게 맞이한다. 나는 재미 삼아 한두 번 동네 교회 나가 보았을 뿐, 하나님에 대해 알지 못한다. 원생들이 가장 많이 가는 곳이라 따라왔을 뿐인데, 따뜻하다. 아줌마들이 건네주는 간식 봉지와 순서지를 들고 이미 온 원생들이 둘러앉은 곳에 가 앉는다. 영희가 내 옆에 바싹 달라붙어 앉는다. 불현듯 공원 아지트의 얼룩 고양이가 보고 싶다. 내게 착 감겨오는 영희가 얼룩 고양이와 닮았다.

자리를 잡고 주위를 둘러보다 깜짝 놀란다. 몇몇 빡빡머리들과 이야기를 나누던 남자 원생과 눈이 마주쳤기 때문이다. 도윤 역시 당황한 눈빛이다. 얼마나 기다리던 순간인가. 전체 행사 때 멀리서는 보았지만 실제로 만나 이야기를 나눠 본 적은 없다. 반가운 마음에 소리를 지르고 싶지만 참는다. 여긴 감별소니까. 한순간도 잊어서는 안 된다. 조용히 다가가 살포시 말을 건넨다. 엄청난 용기다.

"드디어 만나네. 지난번 강당 행사 때 멀리서 얼굴만 보았는데. 반갑다."

도윤이 놀라면서도 반가운 듯 옅은 미소를 짓는다. 그러나 옆의 원생이 '빠꾸리' 뭐 어쩌고 놀리자 쑥스러운 듯 자리를 옮긴다. 아쉽다. 말할 기회를 또 놓치고 말았다. 삼십 대 후반쯤 되어 보이는 목사님이 열변을 토한다. 자신도 질풍노도와 같은 시기를 보낸 적이 있단다. 그러나 신앙으로 변화된 삶을 살게 되었단다. 예수님은 잃어버린 한 마리 양을 찾아 목사님을 보내셨다는 말을 듣는 순간, 울컥 화가 난다.

보이지 않는 하나님이 보낸 사람들은 와서 맛있는 것도 주고, 따뜻하게 손도 잡아주는데, 정작 엄마, 아빠는 왜 딸을 찾아오지 않는가 말이다. 오늘도 만약 오지 않는다면 절대 용서하지 않을 것이다. 이를 악문다. 누군가 나의 등을 친다. 놀라 돌아본다. 외부에서 정기적으로 나오는 전문상담사다. 옆에 있던 영희가 내 손을 꼭 잡는다.

"따라 와!"

명령이다. 나는 얼떨결에 일어나 전문상담사를 따른다. 잔칫집에 발만 담갔다 나온 기분이다. 무덤으로 끌려가는 것 같지만 아무 말도 할 수 없다. 이미 상담사와 3차 상담까지 받으면서 생긴 비결이다. 지금쯤 가수가 왔을까. 왠지 불안해 보이던 도윤의 얼굴이 떠오르자 마음이 편치 않다. 도윤의 가족은 왔을까.

뒤죽박죽 생각하다 보니 어느새 2층 상담실 앞에 다다른다. 앞서 걷던 상담사는 쫓기는 사람처럼 눈치를 보며 문을 연다.

"앉아라."

지금까지와는 달리 목소리가 부드럽다. 나는 무심히 상담사를 살핀다. 40대 초반쯤 되어 보이고 앞머리가 조금 벗어졌다. 눈, 코, 입 모두 큼직하고 균형이 잡혀 비호감은 아니다.

"축제에 참석지 못해서 섭섭하지? 오늘 내가 너를 부른 건 아주 특별한 사례다."

무슨 뜻인지 몰라 어리어리한 표정으로 그를 쳐다본다.

"음……. 넌 지금 가족을 기다리고 있겠지?"

"네……."

"오늘 아무도 안 오신다. 아버지가 딸에 대해 완강하시더구나."

"아빠와 통화하셨나요?"

"그래. 나는 감별소 직원이 아니다. 외부에 사무실이 있어서 조용한 시간에 전화를 넣어 봤지. 그런데 아빠가 아주 강경하신 분이더구나. 아빠는 네가 다른 죄명도 아닌 성매매방지특별법으로 걸렸다는 걸 용납할 수가 없단다. 차라리 절도범이나 폭력으로 들어갔다면 찾아올 수 있지만, 부끄러운 짓 하다 잡힌 딸은 도저히 받아들일 수도 없을 뿐더러, 남부끄러워 쉬쉬한다더라……."

"……"

할 말이 없다. 허탈할 뿐. 가족에게 쓸모없는 존재라고 느꼈던 때가 그래도 나았다. 이제는 엄마, 아빠에게 부끄러운 딸이 되고 말았다.

"내가 만기 출소해서 집에 갔더니 식구들이 날 소 닭 보듯 하질 않나, 동네 사람들 앞에서는 내가 외국 갔다 왔다는 등, 묻지도 않은 거짓말까지 하는 걸 보면서, 더는 집에 머물 수가 없더라고. 그길로 나와 살다 다시 사고 쳐서 여기까지 오긴 했지만, 여전히 집에는 가기 싫어."

공동 작업 시간에 7호 방 원생이 들려 준 말이 떠오른다. 자신도 영영 집으로 돌아갈 수 없는 건 아닌지. 심란하다.

"충격 먹었나 보구나. 그래서 오지 않을 부모님 기다리느라 진 뺄까 봐 내가 조용히 부른 거다. 할 말도 있고. 차 한 잔 줄까……. 비도 오는데……."

나를 불러 시시콜콜 부모님 얘기를 해 주는 전문상담사의 의도가 더 궁금하다. 지금까지 내게 보여 준 그의 모습은 사무적이며 엄격했다. 그럴 뿐만 아니라 권위를 잃지 않으려 애를 쓰기도 했다. 지금 내게 차를 권하는 그의 목소리는 지금까지와는 영 딴판이라 혼란스럽다.

"우선 긴장 풀리게 재스민차 한 잔 마셔 봐."

찻잔에 그려진 그림이 독특하다. 붉은 꽃 주위가 온통 가시투성이다. 꽃이 매우 차가워 보인다. 나는 꽃잎 속의 차를 마시듯 가만히 찻잔에 입술을 댄다.

"넌 차를 마시는 모습조차도 예쁘구나. 처음 너를 면담하는 순간부터 얼마나 놀랐는지. 너같이 청초하고 예쁜 여자애가 이런 곳에 오다니. 안쓰러워서 도와주고 싶었다."

약이라도 먹었나 싶어 그를 뚫어지게 쳐다본다. 그가 느끼하게 웃는다. 버터를 입 안 가득 문 느낌이다. 미친 것 아냐. 혼잣말이 절로 나왔다. 그렇지 않고는 훤한 대낮에 그것도 감별소 안에서 수작을 부리다니.

"나한테 아르바이트해 볼 생각 없니? 거래해 볼 생각 없냐고."

"무슨 말씀이세요?"

"내게 아르바이트한 대가는, 음, 좋은 평가서지."

내 머릿속엔 회오리바람이 불었다. 감옥이나 다름없는 감별소에서 아르바이트 주문이 들어올 줄은 상상도 못했다. 현실이다. 아이돌 양성 학원보다 더 실존적인 문제가 걸린 아르바이트. 그냥 이번에도 눈 딱 감고 쿨하게? 이상하게 도윤의 얼굴이 눈앞에 아른거린다. 도윤이 옆에 있는데……. 한편에서는 아주 빤빤한 얼굴로 누군가 말한다. 그게 무슨 상관이야. 그저 살기 위한 몸부림일 뿐이라고.

"지금 망설일 때가 아니잖니? 강당 행사도 끝나갈 텐데. 어서."

내 머릿속의 바람이 멈출 새도 없이 전문상담사는 나를 소파에 눕혔다. 그건 찰나였다. 오물을 뒤집어쓰는 것 같다. 적어도 마음에 결심이 선 다음 거래를 해야 하는 것 아닌가. 나는 필사적으로 전문상담사를 밀쳐내며 천장을 살폈다. 아뿔싸. 팔손이 나뭇잎이 소파 위쪽을 가리고 있었다. 이곳에도 CCTV가 설치되어 있을 것이란 기대가 여지없이 무너졌다.

"으흐흐, 살결이 비단결이군. 마침 비도 내려 주고. 내가 너 같은 애들 속성을 좀 알지. 비가 오는 날이면 네 안에서 스멀스멀 기어오르는 욕망. 너도 즐기라고."

연극 대사 외듯 제멋대로 떠드는 말에 욕지기가 나온다. 전문상담사는 발정 난 들개 같다. 그의 온몸에서 뿜어내는 광기에 온몸이 녹아내릴 것만 같다. 불현듯 오기가 생긴다. 오늘 부모님도 안 오실 거고, 그동안 가족 면회도 없었으니, 이곳 평가서가 좋게 나올 리 없다. 눈 딱 감고 아르바이트한 셈 치자. 모든 걸 체념하고 그를 받아들인다. 하지만 확실하게 받아 놓자.

"잠깐만요!"

내가 체념한 듯 소리 지르자 전문상담사가 잠시 멈춘다.

"만약 약속을 지키지 않으면 가만있지 않겠어요. 어떤 수를 써서라도 당신 목을 자르겠다고요."

"약속은 지킨다. 딴소리 그만해."

상담사가 내 입을 손으로 막는다. 소리 지를까 두려운가 보다. 나는 이미 반항할 힘마저 없는데 상담사는 아직 내 마음을 못 읽은 것 같다. 어차피 망가진 몸. 거래의 대가로 석방될 수 있다면 괜찮지 않은가. 다른 원생들은 부모가 변호사비 들여가며 빼내려 애쓰는데, 버림받은 나는 스스로 길을 찾겠다는데. 그게 뭐 어때서. 돌을 던져도 좋다. 막가파 심정이 이해된다. 그의 작업은 거의 절정에 이른 것 같다. 나는 어서 끝나길 바라며 천장의 넓은 이파리를 바라보았다. 눈가가 뜨겁게 젖는다.

똑똑, 상담실 문 두드리는 소리가 들린다. 상담사가 놀란 짐승처럼 벌떡 일어나 바지 지퍼를 올린다. 찬비 맞은 들개 모습이다. 나역시 끈적거리는 걸 제대로 닦지도 못한 채 옷을 챙겨 입는다. 아랫배가 뻐근해 온다. 아르바이트할 때마다 느끼는 통증이다. 내가 배를 움켜쥐고 있자 전문상담사가 눈짓한다. 어서 밖으로 나가라는 신호다. 나는 옷매무새를 다듬을 새도 없이 문을 연다. 밖에 아무도 없다. 누군가 문을 두드렸다 대답이 없자 그냥 사라진 것 같다. 나는 재빨리 상담실을 나온다.

복도 끝에 다다르자 밖이 보인다. 겨울비가 추적추적 내리고 있다. 눈가에 뜨거운 물기가 서린다. 내가 벌레 같다. 내 앞에 낭떠러지가 있다면 뛰어내리고 싶다.

강당으로 내려가자 몇몇 원생들이 뒷마무리하고 있을 뿐 썰렁하다. 가수가 온 것도, 가족 상봉 시간도 못 본 것이 아쉬운 것이 아니다. 왠지 내가 더러워서 견딜 수가 없다. 외계인처럼 서 있는 내 앞에 영희가 나타났다.

"언니, 어디 갔었어? 얼마나 찾았다고."

영희가 얼굴을 내 코앞에 대고 묻는다. 해맑은 목소리로 나를 챙겨주는 영희의 목소리를 듣는 순간, 울컥 뜨거운 것이 올라오고 만다. 가족은 날 버렸는데 영희는 천사처럼 날 생각해 주네.

"언니, 왜 그래? 어디 아파? 아……, 가족이 안 와서……, 화가 났구나. 괜찮아. 우리 방에 가족 온 원생……, 두 명밖에 안 돼. 언니네 엄마, 아빠도 마음은 편치 않았을 거야. 언니……, 얼굴 펴."

아무것도 모르는 영희는 나를 달래려 애쓴다. 영희의 손을 꼭 잡는다. 영희는 내일이 소년재판인데도 여전히 밝다. 내일이면 영희와도 헤어져야 한다.

"사회 나가서도 연락하자. 네가 나보다 먼저 심의 받으니까 결과 봐서……, 어쩌면……, 우리 또 만날지도 모르지만……. 너는 나가게 될 거야."

"언니, 연락처 줘. 언니는 진짜 모델 같은 아이돌 가수 될 것 같아. 혹 언니랑 연락이 안 되더라도 내가 열심히 빌어줄게. 언니가 바라는 꿈, 꼭 이루라고……."

"너……, 배고프면……, 식당 같은 곳에서라도 아르바이트 구해 봐. 밥은 실컷 먹여 줄 것 아냐."

"응……. 언니……, 근데……, 나……, 사실 무서워, 법원 가는
거……."

나는 영희를 꼭 끌어안는다. 나도 무섭긴 마찬가지다.

"아주 드라마를 찍어요, 찍어. 저것들은 동성애자 같다니까……."

옆에 있던 원생들이 수군거린다. 결코 비난의 목소리가 아닌, 동
질감으로 하는 말이라는 것쯤 이제 안다. 같은 방에 한 달 정도 머
물면서 원생 모두 자매 이상의 정이 들었다. 가족과 학교, 사회로부
터 버림받은 심정을 알기에.

겨울비가 세차게 내린다. 천둥 번개가 내리치기도 한다. 상담사
놈에게 벼락이라도 쳤으면 좋겠다. 하늘을 바라보며 저주를 퍼붓는
다. 그나저나 비가 오니 도윤이 더욱 보고 싶다. 도윤도 지금 내 생
각을 할까. 우린 언제쯤 자유롭게 만날 수 있을까. 아득하다.

3부

만남,
분홍 벽돌집

또 다른 세상 —

　호송차는 복잡한 시내를 지그재그로 잘도 빠져나간다. 차창 밖 하늘을 보며 빈다. 도로가 꽉 막혀서 종일 아니 밤새도록 이 자리에 머물게 해달라고. 혹 틈새를 이용해 도망갈 기회가 올지도 모르는 일 아닌가. 다시 쇠창살 안으로 들어갈 생각만 해도 온몸이 굳는다. 내 마음과는 달리 호송차는 서울 시내를 벗어나 고속도로 위를 달린다. 휙, 휙, 스쳐 가는 겨울 풍경이 스산하다. 겨울나무들이 나처럼 추워 보인다.

　나는 문득 지아가 보고 싶어 뒤를 돌아본다. 눈을 감고 있다. 지아도 나처럼 절망 속에서 울고 있나 보다. 가슴이 먹먹해진다.

　호송차는 위성도시답게 차들이 적당하게 붐비는 시내를 유유히

벗어나 깊은 산골 마을로 접어든다. 도로포장도 안 되어 있는 1차
선 찻길로 호송차가 들어서자, 뒤에서 달려오던 승용차 한 대가 갓
길에 차를 대놓고 큰 차가 먼저 지나가기를 기다리고 있다. 오가는
사람도 없고 매서운 겨울바람만 나뭇가지를 흔들 뿐이다. 적막하다.

"펄펄 뛰는 망둥이들을 깊은 오지에 가둬놓고 죽은 동태로 만들
생각이군."

누군가 불만이 가득한 소리를 내뱉는다. 무거운 형량에 대한 압
박감이 날 뒤틀리게 한다. 6개월이란 시간은 얼마나 길까. 그 세월
을 '정보산업학교'라는 이름을 건 소년원에서 썩어야 한다. 나도 모
르게 고개를 흔든다. 속에서 활화산이 뜨겁게 치솟는 중이다.

호송차가 지은 지 얼마 되지 않은 듯 산뜻한 건물 속으로 들어간
다. 건물 전체가 분홍색 벽돌이라 따뜻한 온기마저 느껴진다. 감별
소처럼 우중충할 줄 알았다. 전혀 뜻밖이다. 마치 깊은 산 속에 자
리한 별장처럼 보인다.

건물 정문에 '드림 예술정보고등학교'라고 쓰인 팻말이 보인다. 보
통 정보산업학교와는 달리 남녀 수감생이 공존한다는 점이 특징이
라는 곳이다. 감별소 행사 때 와서 노래를 불러 주었던 '탈출' 멤버
등 연예계 곳곳에서 활동하고 있는 아티스트를 배출한 곳이라니.
판결문을 들었을 때만큼이나 놀랍다.

방으로 들어와 짐을 풀기도 전에 교도관의 집합 명령이 떨어졌

다. 강당에는 여자 원생들 몇몇이 먼저 와 있다. 그 속에 유난히 지아가 눈에 띈다. 지아와의 끈질긴 인연이 짐스럽다. 그토록 궁금했던 그녀의 죄명이 지금은 관심조차 없다. 분명 중죄겠지. 여기까지 흘러온 걸 보면.

나는 지아와 눈이 마주칠까 봐 일부러 강당 앞만 뚫어지게 바라본다. 일반 학교 강당과 별반 다른 게 없다. '회색 삶에서 분홍빛 희망으로!'라는 궁서체의 원훈이 보이고, 붉은 융단으로 된 장식을 한 커튼 위에 촌스러운 셔링을 달아 놓은 것도 같고, 오래된 나무로 된 단상도 비슷하다. 겉모습은 학교와 비슷하지만 여기는 결코 학교가 아닐 것이다. 왠지 공기마저 무겁게 느껴진다. 죄수복처럼 어두운색의 정장을 입은 선생님들의 행색은 겨울나무처럼 썰렁해 보인다. 그런데 이상한 건, 그들 얼굴엔 누구나 잔잔한 미소를 머금고 있다는 점이다. 여기까지 흘러온 나를 비웃는 것 같기도 하고, 억지웃음을 짓고 있다는 생각이 들기도 한다. 어쨌든 기분이 좋지 않다. 어서 감별소에서처럼 입방식을 끝내고 잠이나 자고 싶다.

작달막한 키에 몸집이 통통한 소장이 나와 마이크를 잡는다. 목소리가 쩌렁쩌렁하다. 강당 안이 갑자기 웅변장처럼 열기가 넘치는 것 같다. 나는 신병처럼 경직된 자세로 소장의 말을 듣는다. 마음은 백지상태지만 겉으로 내색은 하지 않는다.

"이곳은 감옥이 아니라 학교다. 우리 드림 정보예술학교는 특수학교다. 여러분 안에는 무한한 잠재 능력이 있다. 지금까지 여러분은 자신이 누구인지도 모르고 지은 잠깐의 실수로 여기까지 오게 되었다. 여러분은 선택 받았다. 여러분은 이곳에서 터닝 포인트가 될 순간을 맞이할 것이다. 진짜 자기모습을 발견하는 기적이 여러분과 함께하기를 바란다."

소장이 훈화를 마치자, 교도관들이 손뼉을 친다. 여자 원생들과 다른 남자 원생들도 들뜬 얼굴로 동참한다. 왠지 거부감이 든다. 감옥을 선택 받은 인생으로 생각하라니. 말도 안 되는 소리다.

전체 훈시가 끝난 다음 여자 원생들은 따로 남자 원생들 앞을 지나 어딘가로 가고 있다. 지아와 눈이 마주친다. 그녀는 무슨 말인가 하고 싶어 입을 달싹거린다. 나는 지아와 아무 말도 섞고 싶지 않다. 지금 지아에게 들은 말은 뻔하지 않은가. 나처럼 무거운 형을 받은 것에 대해 억울하다는 식의 탄식밖에 또 뭐가 있을까. 난 아무 관심이 없다. 내가 무덤덤한 표정으로 일관하자 지아는 머쓱한 표정을 짓더니 이내 여교도관의 꽁무니를 쫓아가고 있다.

나는 복도를 따라 방을 찾아간다. 감별소보다 훨씬 현대식 건물이다. 쇠창살도 없다. 내가 머물 방에 들어온다. 담당 교도관은 40대쯤 되어 보인다. 이웃 아저씨처럼 털털한 인상이다. 예상을 깨는 분위기지만 어쩌면 함정일지도 모른다. 한시도 이곳이 감옥이라는 사실을 잊어서는 안 된다. 더군다나 오늘은 첫날 아닌가. 감별소에서의 입방식이 생각나자 입술이 바싹 탄다.

사방이 칙칙한 회색이고 가는 곳마다 철조망으로 휘감겨 있던 감별소와 분위기가 다르다. 우선 원생들이 별로 없다. 몇몇 원생들이 방에 있긴 한데 나한테 관심이 없는 것 같다. 각자 책을 보고 있거나 공책에 뭔가를 끼적이고 있다. 내가 잘못 들어온 게 아닌가 싶어 사방을 두리번거린다. 308호. 담당 교도관이 내게 알려 준 번호 맞다.

반듯하게 놓여 있는 사물함에 짐을 풀어 넣는다. 어느 정도 정리가 되자 할 일이 없다. 방을 샅샅이 둘러본다. 방구석에 영화에서 본 작은 변기통이 보인다. 그러면 그렇지. 여긴 학교가 아니라 감옥 맞다. 긴장의 끈을 놓지 않는다. 방을 둘러보다 놀란다. 사물함 위에 마른 꽃이 탐스럽게 놓여 있는 게 아닌가. 감옥에 꽃이라니. 날아가는 새도 숨조차 못 쉴 정도로 살벌하다는 말과는 딴판이다. 누군가 날 시험하는 것 같다. 혼란스럽다.

뭔가 나사가 풀린 것 같기도 하고 전혀 감옥 같은 분위기가 느껴지지 않는다. 엄마의 법정 발언이 위력을 발휘한 것일까. 여기는 분명 일반 정보산업학교와는 좀 다른 것 같다. 팻말부터 '예술'이라는 말이 들어 있어서인가.

"방장이다. 입소를 축하한다."

점심시간이 끝나자 원생들이 몰려들어 와 앉는다. 그중에 덩치가 크고 아저씨 같은 원생이 굵은 톤으로 나에게 말을 건다.

"김도윤입니다. 열여섯 살이고 창신동에 삽니다."

나는 얼떨결에 묻지도 않은 나이와 집 주소까지 밝힌다. 몇몇 원생만 나의 말에 관심을 둘 뿐 다른 원생들은 뭔가를 준비하느라 바쁘다. 나중에 알고 보니 각자 선택 과목을 찾아 수업을 들으러 나가는 중이었다. 신고식치고는 너무 밋밋해서 다행이다 싶으면서도 별나라에 온 것만 같다.

"차차 서로에 대해 알게 될 거다. 우리는 바빠서……."

방장이 먼저 나가는 것이 미안하다는 듯 손을 들어 인사를 하고 나간다.

원생들이 썰물처럼 모두 밖으로 나가고 혼자 남게 된다.

"김도윤, 상담실에 가서 상담 받고 와라."

담당 교도관이 내게 말한다. 여긴 진짜 학교 같다. 아니 내가 지금까지 다닌 학교보다 더 학교 같은 분위기다. 내가 어안이 벙벙한 표정으로 교도관을 쳐다보자 그가 빙그레 웃는다.

"낯설지? 차차 알게 될 거다."

그는 내게 안내서 한 장을 건넨다. 나는 조용히 앉아 읽는다. 종이 한 장에 이곳에 대한 안내가 빼곡히 들어 있다.

상담을 통해서 자신이 과목을 선택해서 수업을 들어야 한다. 영화나 음악, 미술, 드라마에 관심을 가진 원생들을 분류해 특성 교육을 하고 있다. 어안이 벙벙하다. 안내장을 넘기다 보니 익숙한 얼굴이 보인다. 대중 가수 '탈출' 멤버의 얼굴이 대문짝만하게 실렸다. 반갑다. 갑자기 절망적이던 마음에 햇살이 스며드는 느낌이다. '탈출' 멤버가 연습하던 교실이 보이자 호기심이 생긴다.

교도관이 안내장을 보고 있는 내게 부연 설명을 덧붙인다.

"이곳은 꿈을 좇는 곳이다. 너는 선택된 백성이고. 일단 상담실 가서 자세히 들어보도록."

담당 교도관은 바쁜 일이 있다며 나가고 나는 2층 상담실로 올라간다. 깨끗한 복도에 키 작은 겨울 화초들이 담긴 화분들이 일렬로 놓여 있다.

안내서에서 영화 공부를 할 수 있다는 내용을 보는 순간, 나도 모르게 가슴이 뛰었다. 나는 학교 땡땡이를 칠 때나 집을 나와 할 일이 없을 때면 영화를 보았다. 책보다 훨씬 더 감각적이며 현실성이 강한 영화를 보고 있으면 카타르시스가 되었다. 내가 벌레처럼 여겨질 때도 영화 한 편을 보고 나면 자신이 용서되기도 했다. 자주 찾다 보니, 창신동 골목에서 영화방을 하는 아저씨와 친해졌다. 감독을 꿈꾸었던 아저씨와는 좋아하는 영화가 비슷해서 이야기가 통했다. 그런데 여기서 영화 공부를 할 수 있다니. 꿈이 아닌가 싶어 팔뚝을 꼬집어본다. 따끔하다. 나는 급한 마음에 노크도 없이 상담실 문을 연다.

상담실은 깨끗하다. 은은한 음악이 흘러나오고, 화분의 식물들도 싱싱하다. 커피 향도 나고, 마치 어머니 방에 들어온 것처럼 안온하다. 50대쯤 되어 보이는 남자가 나를 응시한다. 그 앞에 있던 남자 원생과 눈이 마주친다. 웅을 닮았다. 집으로 돌아간 웅이 녀석은 지금쯤 두 다리 쭉 뻗고 있겠지. 보호관찰은 관할 센터에 나가 눈도장만 찍으면 되니까. 가슴 속에서 뜨거운 불이 올라오는 것 같다.

"김도윤입니다."

무심한 목소리로 인사하자 상담사가 나의 신상 명세서를 꺼내어 훑어본다. 하얀 가운이 새로 빤 듯 반짝인다. 남자는 서류를 뒤척이며 나를 본다.

"친구와 같이 들어왔다 혼자 남았군."

누구의 입에서든 웅에 대해 거론되는 것이 부담스럽고 짜증 난다. 아무 말도 하고 싶지 않다. 상담실에 들어오기 전 영화에 대해 들떠 있던 마음이 풍선 바람 빠지듯 사라진다. 잠시나마 기대를 했던 게 화가 난다.

"표정을 보니 뭔가 불만이 많은 것 같은데. 나한테는 무슨 말을 해도 좋다. 마음을 열어야 진로도 결정되지. 음……법정에서 조서에 대해 번복한 내용이 있군. 참조가 되진 않았고. 아무래도 그 부분 할 이야기가 있을 것 같은데."

마음이 흔들린다. 이제 와 고백한다 해서 바뀔 것도 없는데 구차하게 늘어놓고 싶지 않다가도 왠지 상담사에게 털어놓고 싶다는 생각이 들기도 한다.

"억울한가?"

"……"

입을 열까 하다 그만둔다. 섣불리 속내를 드러냈다 실이 될 수도 있다. 내가 말이 없어서인지 상담사가 시계를 쳐다본다. 솔직히 말해 사건 경위에 대해 다시 말하고 싶지 않다. 그것도 사실이 아닌

가공된 내용을 읊조리느라 온 신경을 썼던 것을 생각하면 머리에 쥐가 날 정도다. 어서 방으로 돌아가 잠들고 싶다. 상담사는 내 마음을 읽은 것 같다. 서류를 집어넣으며 내게 악수를 청한다.

"피곤한가 보군. 그럼, 다음 상담에서 수업 방향을 정하도록 하지."

상담실에서 내려와 방으로 가려는데 현관문 앞 대형 게시판의 사진이 눈에 들어온다. 담벼락을 둘러싼 분홍 진달래꽃을 클로즈업해서 찍은 사진이다. 눈이 내릴 것 같은 날, 봄날의 분홍 진달래꽃 사진이 이채롭다. 내년 봄이면 분홍 진달래로 둘러싸인 담벼락을 볼 수 있겠지. 불현듯 지아가 즐겨 입던 분홍 치마가 떠오른다. 지아를 외면했던 자신이 너무 작게 느껴진다.

다시 꿈을 꿔도 될까요?

"언니, 정말 반갑다. 우리 또 만날 줄 몰랐어. 언니는 석방될 줄 알았는데."

영희가 나를 반긴다. 세상에 나를 이토록 반겨 주는 사람이 또 있을까. 가족도 나를 버렸는데. 콧등이 찡해온다. 영희도 결국 여기까지 왔구나. 혼자 중얼거리며 영희를 얼싸안는다. 영희가 아이처럼 대롱대롱 매달리며 그간의 소식을 묻는다.

나는 사실 소년원까지 오게 될 줄 몰랐다. 아무리 성매매방지특별법에 대한 처벌이 강화되었다고는 하지만, 초범에다가 상습범이라는 물증도 없지 않은가. 그런데 '9호 처분'을 받게 되다니. 전문상담사에게 완전히 속은 것 같다. 하긴 어른들은 늘 제멋대로니까.

"어이, 신고식부터 하지. 잃어버린 자매 상봉 장면 같네."

남자처럼 어깨가 벌어진 여자가 불쑥 던진다. 악의가 전혀 없는 말투다. 감별소에서 머리채를 잡히던 생각이 나 신경이 쓰인다. 이 번에는 머리털이 얼마나 뽑힐 것인가. 지레 겁을 먹고 여자를 쳐다 본다. 그 여자는 내게 전혀 관심이 없다. 공책에 뭔가를 끊임없이 끼적이고 있다. 다른 원생들도 마찬가지다. 별세상이다.

"여긴 감별소와 달라. 지금 다른 언니들 과제 하느라 정신없어."

영희의 말을 듣고 나니 조금 이해가 될 듯싶으면서도 뭘 어떻게 해야 할 지 모르겠다. 그래도 인사는 해야 할 것 같아 나는 중앙에 반듯한 자세로 선다.

"이지아입니다. 잘 부탁합니다."

내가 생각해도 진부하기 그지없다. 자기 일에 몰두하고 있던 원 생 중에 얼굴이 까무잡잡한 여자가 모기만 한 목소리로 '죄명은 요?' 물었다. 나는 아무렇지도 않게 지나치듯 대답을 한다.

"성매매방지특별법"

놀랍게도 나의 대답이 떨어지자마자 모든 눈길이 내게 쏠린다. 내 죄명이 빡세긴 한가 보다. 찬물을 끼얹은 듯 분위기가 가라앉았 다. 누구도 더는 말을 하지 않았지만 원생들이 내게 참 많은 걸 묻 고 있다는 건 알 수 있다.

"이 언니 정말 이쁘죠?"

영희가 철없이 던진 이 말에 어색한 분위기가 가라앉는다. 다행이다. 영희는 내 손을 잡고 개인 사물함 있는 곳으로 안내했다.

"언니, 여기 언니 사물함이야. 내 건 바로 옆. 이 방은 잠만 같이 잘 뿐 같이 어울릴 시간이 별로 없어. 각자 배우는 반이 다르거든. 난 아는 게 없어서 그냥 영화반에 들어갔어. 언니도 영화반에 들어와, 응?"

낯선 환경에서 영희를 만나 반갑긴 하지만 왠지 정신이 없다. 마침 실내 방송에서 공지 사항이 들린다. 신입 입소자는 대강당으로 모이라는 소리다.

나는 방을 나와 대강당을 향해 걸어간다. 현관문 앞에 대형 게시판이 보인다. 담벼락을 뒤덮을 듯 흐드러지게 핀 분홍 진달래 사진이 눈에 띈다. 주위 전체가 분홍 꽃밭에 둘러싸인 듯한 느낌이다. 실제로 벽돌조차도 분홍빛이다. 사진만으로는 전혀 감옥 같지 않다. 순간, 봄날이 기다려진다. 나뭇잎들이 모두 떨어지고 앙상한 겨울나무만 서 있는데도 왠지 온기가 느껴진다.

대강당에는 아무도 없다. 나는 뻘쭘하게 서서 여기저기를 살펴본다. 잠시 후, 남자 원생들이 하나둘 들어오고 있다. 도윤의 얼굴이 보인다. 이상하게 도윤이 나를 외면하는 것 같다. 감별소에서는 나를 만날 때마다 표현은 못하지만 반가워한다는 걸 알 수 있었다. 그런데 왜? 그동안 무슨 일이 있었던 것일까. 도윤도 남들처럼 내 죄명을 알고 실망한 걸까. 갑자기 내 몸이 더럽게 느껴지는 건 뭐람. 싫다. 이런 자괴심.

남자 원생들이 내 곁을 지나 강당 앞으로 간다. 도윤과 바로 코앞에서 마주친다. 그의 얼굴이 칠흑같이 어둡다. 나도 모르게 '안녕!' 소리는 내지 못하고 입술만 달싹인다. 그 이상의 말은 할 수가 없다. 도윤이 냉정하게 고개를 돌리고 나를 전혀 못 본 척 강당 앞으로 가버렸기 때문이다. 콧잔등이 찡해 온다. 호송차를 탈 때도 냉랭한 눈길이더니. 아무래도 도윤이도 나를 멀리하고 싶은가 보다. 내 곁엔 아무도 없다. 방학 때 우연히 찾아간 운동장에 홀로 선 것처럼 허허롭다.

강당 앞으로 나가 줄을 선다. 옆줄을 맞추다 공교롭게 도윤과 눈이 마주친다. 도윤의 눈빛이 죽어 있다. 혼이 나간 듯한 표정이다. 아무래도 재판 결과에 너무 큰 충격을 받은 것 같다. 마음 깊은 곳에서 바람 소리가 들린다.

잠시 후, 키는 작지만 당당해 보이는 소장이 나와 연설을 하고 있다. 아무 소리도 들리지 않는다. 머릿속이 여러 가지 일들로 뒤죽박죽이다. 인생 막장. 걸레. 내 몸이 갈기갈기 찢어진 채 길거리에 내던진 것 같다. 이태원 골목길에 널브러져 죽어 있던 고양이처럼.

"여기는 소년원이 아니라 학교입니다."

소장이 길게 늘어놓은 이야기 중에 이 말만 귀에 들어온다. 정말일까. 어쩌면 원생들을 쉽게 교화하기 위해 술수를 부리는 것인지도 모른다. 상관없다. 어차피 이곳에서 썩어야 할 몸 아닌가. 희망이 없는 내게 감옥은 어디나 같다. 더군다나 도윤의 얼굴을 볼 수 있다는 것만으로도 위로를 받았는데 이제 그마저 나를 외면한다. 어서 밤이 왔으면 좋겠다. 밤이 지나고 또 날이 밝고 주는 대로 먹고 배설하다 보면 또 하루가 가겠지.

소장의 열변이 끝난 듯싶다. 담당 교도관이 나와 이곳에서의 생활에 대해 세밀하게 말해 준 뒤, 각자 방으로 돌아가라는 명령이다. 여기서도 또 상담사를 만나야 한다는 말에 나도 모르게 이를 앙다문다.

방으로 들어가기 전, 상담실부터 들르라는 담당 교도관의 명령을 따라 2층으로 올라간다. 여긴 회색 제복을 입은 사람들이 길목마다 지키지도 않는다. 자유의 냄새가 풍기긴 한다. 그나저나 상담실은 왜 어디나 2층에 있는 것일까. 상담실이 깨끗하다. 나는 상담실 문을 힘차게 열고 들어선다.

"그렇게 열어서 어디 문이 부서지겠냐?"

걸걸한 목소리다. 뜻밖에도 여자 상담사다. 갑자기 뒤통수를 얻어맞은 듯한 느낌이랄까. 느닷없다. 한 번도 상담사가 여자일 것이란 생각을 못한 탓이다. 엄마 나이쯤 되어 보이고, 평범한 얼굴에 둥글납작한 몸매다. 붉게 칠한 입술이 몹시 촌스럽다는 것을 본인은 모르는 것 같다.

"여기까지 오느라 힘들었지? 여긴 너를 고문하거나 벌을 주는 곳이 아니라, 진정한 너를 만들어 가는 곳이라고 생각해라. 아이돌 가

150

수 지망생이었네."

상담사가 서류뭉치를 뒤적이며 말한다. 저 속에는 감별소 상담사가 올린 보고서도 있을 것이다. 그는 도대체 나에 대해 어떤 평가를 쓴 것일까.

"지금도 그 생각은 변함없는 건가?"

내가 말이 없자 상담사가 질문을 다시 던진다.

"지금은 내 의지대로 아무것도 할 수 없는 상태잖아요."

나는 심드렁하게 대답했다. 말장난도 아니고 소년원에서 아이돌 가수를 하고 싶다는 말이 가당찮은가. 한때 나의 전부이긴 했지만 너무 거창했던 꿈. 지금 당하고 있는 시련이 너무 커서 기억을 거슬러 올라가는 게 힘들다. 신경을 써서인가. 갑자기 아랫배가 당기는 듯 아프다. 감별소에서도 그랬던 것처럼. 배를 살며시 움켜쥐고 상담사의 말에 귀를 기울이는 척한다.

"맞아. 여긴 아이돌 가수를 키워주는 수업은 없다. 얼마 전에 음악 동아리를 만들어 봤는데, 의외로 지원자가 없었어. 그러나 길은 많다. 직선만이 길은 아니잖니? 돌아가도 목적지에 도달하면 되는 거고. 영화반에 들어가서 공부해 보면 도움이 되지 않을까 싶은데, 어떠니? 영화반 강사는 외부에서 오는데 아주 괜찮은 분이야. 분명 너의 좋은 멘토가 될 거야."

상담사는 꽤 진지하다. 촌스러운 외모와는 달리 설득력 있는 목소리가 믿음직스럽다. 내 속에서 알 수 없는 기운이 꿈틀대기 시작한다. 영화 보는 걸 좋아했던 것이 도움이 될 것 같다.

"좋아, 관심이 있는 것 같군. 내일부터 영화반 커리큘럼에 의해 수업을 받다 보면 많은 걸 배우게 될 거다. 검정고시반도 있으니까 병행하면 도움이 될 거야."

뜻하지 않은 곳에서 전혀 생각지도 않은 일을 만나게 된 셈이다. 나는 영영 학교와는 담을 쌓는 인생일 줄 알았다. 그런데 검정고시도 준비할 수 있고 색다른 공부도 할 수 있다니. 더군다나 내게 선택권이 있다지 않은가. 이번에는 제대로 된 선택을 해보고 싶다. 지금까지 내가 선택이라고 믿었던 삶은 억지였는지도 모른다.

복도 깊숙이까지 저녁 햇살이 비치고 있다. 선홍빛이다. 그 햇살에 누더기가 된 내 몸의 내장들을 꺼내어 말리고 싶다. 새롭게 변신할 수만 있다면.

상담실을 나와 방으로 돌아가는데 왠지 발걸음에 힘이 들어간다. 복도에 파란 잎들이 싱싱하게 자란 화분들이 줄지어 놓여 있다. 이파리가 유난히 파랗다. 나도 푸른 이파리처럼 푸르게 살자. 난 원래 씩씩한 아이였잖아. 뭐든 쿨하게! 받아드리자. 도윤, 그 녀석도 여기까지 오게 된 충격으로 내게 냉정하게 구는 것 아닐까.

인생
멘토,
털보
선생

이곳에 들어와 처음으로 받은 편지다. 엄마가 아니라 웅이라는 게 마음에 걸린다. 천천히 담벼락 아래서 편지를 읽는다.

나의 오른팔 도윤에게,

잘 있냐? 애쓴다.

나는 덕분에 집으로 잘 돌아왔다. 물론 낮에 시설에 나가 애들 똥 닦아 주고 늙은이들 목욕 시키는 일이 힘들긴 하지만 말이다. 어쨌든 몸이라도 자유로워진 것이 얼마나 다행인지 모르겠다.

창신동은 여전하다. 우리들의 아지트도 건재하다. 너만 죽은 듯이 형을 마치고 돌아오면 된다. 그땐 네 세상이 될 거다. 멤버들도 다 너를 기다리고 있다.

면회하고 싶지만, 공범이라 허용이 되지 않는다는 것, 너도 알고 있겠지.

얼굴 맞대고 이야기해야 하는데. 할 수 없다.

너, 우리들의 수칙 잊지 마라.

너도 알 거다. 아무리 판사 앞에서 너희 엄마가 발뺌해도, 너에게 남는 건 없다. 그냥 운명이라 생각하면 편할 거다. 나도 그곳에 가 봐서 안다. 그냥 세월 흘러가길 기다리며 죽은 듯이 지내다 보면 시간은 흘러간다. 그러다 보면 석방의 그 날도 오는 거고.

형을 마친 후, 네가 다시 창신동으로 돌아오는 날, 내가 보대나게 환영회 열어 줄 테니 기대해라.

내가 편지를 쓰는 진짜 이유를 밝힌다.

너, 혹 그 안에서 엉뚱한 수작 부리지 말라는 거다. 조서의 내용을 번복하겠다고 상고심에 올린다든가 이런 엉뚱한 짓거리를 할까 봐 미리 경고 먹인다.

해봤자 소용없다는 건 네가 더 잘 알 거고.

만약 그런 일이 있다면, 네 목숨은 이미 네 것이 아닌 줄 알아라.

넌, 내가 허튼소리 하는 게 아니라는 것쯤 알겠지.

참, 너희 엄마가 법정에서 쓰러진 뒤, 심장이 안 좋다는 이야기는 멤버들에게 들었다. 안 됐다. 그러나 어쩌냐. 그 또한 너희 엄마의 팔자 아니겠냐.

이제 너희 엄마도 비싼 변호사비 들여가며 번복할 엄두도 못 내겠지만, 노파심에 몇 자 적는다. 명심해라.

지금 창신동에는 눈발이 휘날린다. 눈이 쌓이면 멤버들과 헌팅하러 나갈 것이다. 허튼수작은 무덤이다.

편지를 접고 멍하니 있는데, 한 남자가 들어온다.

분명 어디선가 본 얼굴이다. 강렬한 눈빛, 꽁지머리, 무엇보다 눈만 빼놓고 얼굴 전체가 털로 가득 덮인 모습이 낯설지 않다. 독특한 캐릭터다. 그런데도 가물거릴 뿐 실체는 떠오르지 않는다.

나는 강사에 대해 호기심이 생기면서도 웅의 편지 내용이 자꾸 걸린다. 나에 대한 협박은 그렇다 치더라도, 나 때문에 병들어 고생하고 있는 엄마에 대한 조소에 화가 난다. 나는 두 손을 불끈 쥔다. 손에 땀이 난다.

영화 만들기 신설반 수업이라 모두 기대가 많은 것 같다.

"나는 여기서 '털보 선생'이라 불린다. 털보 혹은 내 얼굴의 털만큼 '샘솟는 창의력을 가진 사람'이라는 뜻이다. 핫핫하, 여기서는 모두 별명으로 통한다. 지금까지 너희를 대변하던 이름은 깡그리 버려라. 대신 새로운 별명을 만드는 작업을 한다."

투박한 말씨에 외모마저 이웃 아저씨처럼 털털해 보인다. 그러나 나는 머리가 복잡하다. 생각날 듯 말 듯 가물거리는 기억과 아직도 웅에 대한 배신감에 치가 떨린다. 법정에서 볏짚단처럼 쓰러지던 엄마의 모습이 겹쳐 올라 괴롭다. 나는 공책에 머리를 박고 낙서만 하고 있다. 그러면서도 털보 선생의 말은 쏙쏙 들어온다.

"영화는 종합예술이다. 문학, 음악, 미술, 이 모든 그것들이 함께하는 세계지. 너희들은 지금부터 아티스트다. 자신이 추구하는 세계에 몰입할 때 뭔가를 창조해 낼 수 있는 거다. 그 전에 가장 중요한 것은 '나는 누구인가'에 대한 정체성을 찾는 것이다. 오늘은 우선 자신을 나타낼 수 있는 닉네임부터 만들어 보겠다."

털보 선생은 혼자 수업을 이끌기보다는 같이 만들어 가는 시간을 나누고 싶다고 한다. 낯설다. 그러나 새롭다. 첫 수업으로 스스로 닉네임 만들기를 택한 것, 멋지다. 나는 잡념들을 날려 버리고 멋진 별명을 만들려 애쓰지만 반짝이는 게 없다.

아픈 엄마, 심장, 푸른 입술, 웅, 협박, 영웅, 복수…….

나는 공책에 낙서만 하고 앉아 있다.

"니는 왜 그러고 있는데? 닉네임 만드는 게 그리 어려운가?"

털보 선생은 간간이 사투리를 섞어 말하는 특징이 있다. 구수하다.

"……아무것도 안 떠오릅니다."

"머리에 똥만 가득 차서 그런 기라. 쓸데없는 것들 깡그리 솎아내야 새로운 게 들어 온다. 알겠나? 아핫핫……."

회색 벽돌 속의 똥통이 내게 이 말을 했다면 분명 기분 나빴을

것이다. 그런데 반대다. 털보 선생의 말투에는 악의가 없고 나를 무
시한다는 느낌이 없다.

나는 끙끙대며 닉네임을 생각한다. 나에 대한 깊은 통찰이 있어야
하는 작업이다. 새롭게 변하고 싶다는 뜻으로 '변신'이라고 할까. 영
화를 좋아하니까 '영화광'으로 할까 하다 진부하다는 생각에 얼른
지워 버린다. 남들이 '문제아'라고 부르니 역으로 '모범생'으로 할까.

'모범생 되고 싶니? 남들이 날 문제아라 불렀을 뿐, 나는 한 번도
내가 문제아라고 생각해 본 적 없어. 모범생으로 불리는 것도 원치
않아. 나는 나일 뿐이니까.'

혼자 묻고 답한다. 정하질 못해서 머리를 긁적이다 나를 쳐다보
고 있던 털보 선생과 눈이 마주친다. 털보 선생이 씩, 웃는다. 이해
한다는 제스처 같다.

동아리 멤버들은 쓱쓱 잘도 짓는다. 열 명쯤 되는 멤버들은 자신
의 새로운 별명을 지으며 몹시 즐거워하는 것 같다. 여자 원생들도
활기차 보인다. 나는 일부러 여자 원생에게 눈길조차 안 준다. 동아
리 방에 들어서는 순간, 키 작은 여자애와 앉아 있는 지아와 눈이
마주쳤다. 나는 지아를 만나는 것이 반갑기보다는 부담스럽다. 나
는 지금 지아에게 신경 쓸 힘이 없다. 더 솔직히 말하자면 지아에
대한 나의 마음이 어떤 빛깔인지조차 모르겠다.

"자, 그럼 소개도 할 겸 한 사람씩 일어나서 자기 닉네임을 발표
하도록 해봅시다."

털보 선생이 시동을 건다. 멤버들이 기다렸다는 듯 우, 소리를 질러댄다. 모두 들뜬 분위기다. 회색 벽돌 속에서는 한 번도 이런 시간을 가졌던 적이 없었다. 학교 수업 시간은 열등생인 나 같은 놈들에게는 그저 지겨운 시간일 뿐이었다.

"전 '바람돌이'라고 불러 주세요. 바람처럼 휘휘 돌아치는 게 제 특기거든요. 앞으로는 좋은 일로 바람을 일으키고 싶은 바람이 있구요."

인덕원에서 놀았다는 꺽다리 녀석의 말이다. 아이들이 또 우, 소리를 지른다. 공감한다는 뜻일 것이다.

"지금부터 절 '김 감독'이라 불러 주세요. 영화를 좋아하거든요."

점점 더 긴장된다. 내 이름은 무엇으로 할까. 마음이 조급하자 더욱 생각이 떠오르지 않는다. 그렇다고 아무렇게나 대답하고 싶진 않다. 왠지 별명대로 인생이 갈 것만 같다. 너무 비약이겠지만, 아무튼 기분 좋다.

"저는 '가시엉겅퀴꽃'이에요. 꽃은 꽃인데 좀 무서운 꽃이고요. 사람들이 내 가시에 찔릴까 두려워 떠는 것 같아서요."

지아가 일어나 쿨한 목소리로 말한다. 그때 어디선가 가시엉겅퀴 꽃을 본 기억이 가물거린다. 어디였더라. 한참 만에 창신동 언덕 야생화 틈에서 보았던 가시엉겅퀴가 떠올랐다. 순간 망치로 한 대 얻어맞은 듯하다. 난 한 번도 지아를 가시가 많은 꽃이라고 생각해본 적이 없다. 그런데 왜 자신을 그렇게 말할까. 갑자기 지아의 죄명이 궁금해진다. 혹시? 나는 이내 고개를 젓는다.

창신동에서 지아를 만났을 때, 그녀는 가을 하늘처럼 청아했다. 아지트를 떠올리는 순간, 바로 이거다 싶은 닉네임이 떠오른다.

"전 '창신동'입니다. 창신동에서 태어났고, 창신동을 누볐고, 창신동에서 사고 치다 들어왔고, 창신동으로 다시 돌아갈 것이니까요."

대본 읽듯 무심히 대답한다.

"와아, 창신동 멋지다."

"우리들의 무대 창신동, 좋지!"

"창신동에 가면 간지 나는 애들 많은데……와 다시 가고 싶다. 언제 가냐?"

멤버들이 저마다의 사연이 담긴 듯 외쳤다. 털보 선생은 턱을 괴고 앉아 가만히 듣고만 있다. 잠잠해지자 선생이 내 곁으로 다가와 어깨에 손을 얹고 묻는다.

"창신동 사나? 나도 창신동 언덕 밑에 사는데……."

드디어 생각난다. 영화방 가게에서 만난 털보 아저씨다. 가게 주인의 친구라는 영화 비평가? 나는 하마터면 손뼉을 칠 뻔한다. 이럴 수가! 털보 선생도 날 기억할까.

"〈필름 이야기〉에서?"

털보 선생도 의아한 듯 나를 물끄러미 바라보다 갑자기 소리 내어 웃는다.

"핫핫하, 〈필름 이야기〉를 어떻게 아나?"

"단골이에요."

"영화광이군. 아핫핫……."

나는 털보 선생도 나를 기억해서 웃는 줄 알았다. 전혀 그런 것 같진 않다. 실망스럽지만 친근감이 든다.

"모두 잘했다. 어때? 닉네임을 짓는 순간, 자신에 대해 진지해지지? 바로 그거다. 여러분은 오늘 새로 태어난 기다. 지금부터 자기를 찾아가는 여행을 시작해 보자. 내가 멘토가 되어 주겠다."

갑자기 찬물을 끼얹은 듯 조용하다. 나 역시 선생이라는 사람들에게 이런 말을 들어보긴 처음이다. 결코 연기 같지는 않다.

"쌤, 근데 멘토가 뭐예요?"

지아 옆에 있던 영희가 일어나 뜬금없는 질문을 한다. 와하하, 원생들이 소리를 내 웃는다.

"지금 웃는 원생 일어나 대답 좀 해 주지?"

그러자 갑자기 조용해진다.

"너희를 이끌어 주는 사람, 즉 선장이 되어 주겠다는 말이다. 이해가 되나?"

영희가 히죽 웃자 털보 선생도 웃는다.

"와? 너희 감동 먹었나? 아핫핫……."

털보 선생은 털털하게 웃는 게 매력이다. 나는 상담을 하고 나서도 그랬지만 점점 그에게 끌리고 있다. 다른 원생들도 그런 것 같다.

"영화는 종합예술인 만큼 준비해야 할 부분이 많다. 여러분은 영화 하면 촬영하며 폼 잡는 것만 생각할지도 모른다. 촬영은 맨 마지막에 하는 작업이다."

무슨 말인지 도무지 이해가 안 된다. 다른 원생들도 마찬가지인 듯 고개를 갸웃거린다.

"영화의 이해는 사물에 대한 관찰로부터 시작된다. 이 시간은 지금까지 본 영화 중에 가장 기억에 남는 작품을 글로 써 보도록 한다. 글이 안 되면 될 때까지 해보는 기다. "

원생들이 또 우, 짐승 소리를 낸다. 이번에는 도저히 할 수 없다는 부정의 표현일 거다. 솔직히 말해 여기 모인 멤버들 대부분은 나처럼 망둥이처럼 돌아치던 놈들일 것이다. 글이라는 걸 써 본 원생이 얼마나 될까. 나 역시 같다.

나는 〈아들〉에 대한 리뷰를 쓰고 싶다. 그러나 한 줄도 쓸 수가 없다. 머릿속에서는 줄거리도 생생하고 배우들에 대한 인상, 특히 남자 주인공의 강한 눈빛도 생각나지만 표현하기가 어렵다. 엄마는 심장약을 쟁여 놓고 먹으며 글을 쓴다는 말을 들을 때마다 가슴이 뜨끔거린다. 나는 엄마 때문에라도 뭔가 새로워져야 한다. 나 때문에 생긴 엄마의 병을 고칠 사람은 나밖에 없다. 갑자기 어깨가 무거워진다.

"아직도 백지군. 사내 녀석이 무슨 생각이 그리 많노?"

털보 선생은 다른 원생들을 살피면서도 계속 나를 주시하고 있었던 것 같다. 그의 강렬한 눈빛과 마주치자 〈필름 이야기〉 가게 아저씨 얼굴이 떠오른다.

"넌, 아무래도 나와 개인 면담을 좀 해야겠다. 수업 끝나고 남도록."

느닷없다. 학교에서 남으라는 명령은 벌청소이거나 진술서일 경우가 많았다. 털보 선생의 제의는 분명 그건 아닐 것이다.

못다 한 영화감상문은 다음 시간까지 써 오기로 하고 수업이 끝난다. 털보 선생을 만날 생각에 다소 흥분된 상태로 앉아 있는데, 지아가 내게 온다. 늘 밝았던 지아의 표정이 몹시 어두워 보인다. 무엇이 그녀를 변하게 한 것일까.

"내가 너한테 잘못한 거 있니?"

"……"

"왜 나만 보면 쌩까는 건데?"

"……"

지아는 독이 잔뜩 올라 묻지만 나는 아무 말도 할 수 없다. 침묵으로 답한다. 지아가 내게 바싹 다가온다. 당황스럽다.

"너도 날 걸레로 보는 거지?"

"……"

오늘은 뭔가 특이한 날인 것 같다. 동네 〈필름 이야기〉 가게에서 만났던 털보 아저씨를 만난 것도 그렇고, 지아가 다짜고짜 따지는 것도 의외다. 모든 게 대본에 없는 일이라 황당하다.

"무슨 말인데?"

"내숭 떨지 말라고. 내 죄명을 알았다 해도 그렇지, 생판 모르는 사이도 아닌데 그렇게 찬바람 일으킬 필요는 없잖아. 내가 너한테 구걸했니? 왜? 기분 나쁘게……."

지아가 미처 말도 끝내지 못하고 울먹인다. 지아가 손수건도 없이 맨손으로 눈물을 닦는다. 당황스러워 주머니에서 손수건을 꺼내 건넨다. 지아가 매몰차게 내 손수건을 쳐 버린다. 꿈을 꾸고 있는 건가.

나를 기다리고 있던 털보 선생이 나와 지아를 번갈아 쳐다보고 있다. 털보 선생이 뭔가 깊이 생각하는 것 같다. 눈물을 닦던 지아가 털보 선생을 보자 후다닥, 밖으로 뛰어나간다.

"그럼, 이야기를 시작해 볼까, 친구?"

털보 선생은 정말 오랜 친구처럼 다정하게 물꼬를 튼다. 엄마 말고 처음으로 나를 인정해 주는 사람과 마주 앉은 기분이다. 왠지 영혼의 안개가 걷히는 것 같다.

이런 느낌, 처음이다.

붉은 꽃잎

"누가 자꾸만 내 사물함 뒤지는 것 같애. 물건 쌔벼 가는데 미치겠어. 어떡해, 나 오늘 터졌는데……언니 여분 좀 있어?"

영희가 화장실을 가려다 말고 징징거린다. 마술에 걸린 날인 듯싶다. 원에서 비누나 치약 등 최소한의 생필품은 제공되지만, 개인 소모품은 자비로 해결해야 한다. 그래서인지 사물함이 손을 타는 경우가 종종 있다.

영치금이 전혀 들어오지 않는 나나 영희는 한 푼이 아쉬운 처지다. 천원이면 매점에서 삶은 달걀이며 간식을 사 먹을 수 있을 만큼 큰돈이다. 사실 나는 달걀이라면 처다보지도 않았다. 엄마가 팔다 남은 계란말이를 신물이 나도록 먹었기 때문이다. 그러나 여기서는 특식이다. 요즘처럼 헛헛하고 뭔가 먹고 싶을 땐 최고의 간식이다. 그마저도 맘대로 사 먹을 수 없다니. 비루한 인생이다.

그러고 보니 요즘 내 몸이 이상하다. 먹고 돌아서면 배가 고프다. 달걀마저도 맘대로 사 먹을 돈이 없다는 게 서글프다. 거지가 된 것 같아 진저리가 쳐진다. 날 버린 엄마, 아빠가 몸서리치게 원망스럽기도 하다.

생리대 역시 마찬가지다. 양이 많은 원생은 한 번에 두 통씩은 필요한데 그 돈이 만만치 않다. 그래서 생리대를 훔치는 것이다. 영희는 한 통으로 두 달은 쓰는 편이라 원생들이 눈독을 들이는 것이다.

내 걸 영희에게 주려고 사물함을 연다. 나도 여분이 있을 리 없지만 구석에 숨은 거라도 찾으려 살핀다. 그런데 이게 웬일인가? 당연히 없어야 할 검은 봉지가 버젓이 눈에 띈다. 사물함 깊숙이 들어 있는 생리대가 괴물처럼 느껴진다. 불길한 예감이 스쳐 간다. 달력을 본다. 감별소를 나와 이곳에 온 지 한 달이 넘었다. 비 오는 날의 거래가 생각난다. 그동안 한 번도 마술에 걸리지 않았다는 사실이 떠오른다. 나도 모르게 아랫배를 내려다본다.

"언니, 뭐해? 빌려줄 거야, 말 거야?"

영희의 다급한 소리에 정신이 든다. 나는 봉지에서 생리대를 꺼내 건넨다. 영희의 얼굴이 새색시처럼 발그레해진다. 화장실로 달려가는 영희의 뒷모습을 보고 있는데, 아랫배가 간헐적으로 통증이 온다. 비로소 마술에 걸리려나. 대수롭지 않게 생각하려 해도 왠지 불길하다.

점심시간이라 방에 남아 있는 원생들이 없다. 겨울이지만 운동하러 나갔나 보다.

나는 일어나 무거운 마음으로 창밖을 내다본다. 겨울비다. 보고 있기만 해도 차다. 빗속에서 느닷없이 전문상담사의 느물거리던 얼굴이 나타난다.

그건 사고였다고!

나는 혼자 뇌까린다. 무방비 상태에서 당한 순간이 떠오른다. 아르바이트할 때는 나름대로 날짜 조절을 했었다. 몰래 콘돔도 사용했고. 불길한 느낌이 떠나지 않는다. 다시 달력을 본다. 그럴 리 없다. 나는 고개를 젓는다. 점심시간이 끝나자 원생들이 하나둘 몰려온다.

영화반 숙제를 챙겨서 동아리로 간다. 교실에 갈 때마다 갈등이 생긴다. 도윤에게 속의 말을 하고 났더니 대하기가 더 쑥스럽다.

도윤은 요즘 영화 공부에 푹 빠진 것 같다. 그 어느 때보다 표정이 밝다. 자포자기한 듯 고개만 숙이고 있던 모습도 많이 변했다. 털보 선생과 호흡이 잘 맞는 것을 볼 때마다 파트너 같다는 생각이 든다.

털보 선생은 늘 그랬듯 생활한복을 입고 들어온다. 꽁지머리와 턱수염이 옷차림과 잘 어울린다. 그에게는 숲 냄새가 난다. 중후한 야생미랄까. 그렇다고 겉늙어 보이진 않다. 눈빛은 소년처럼 맑으면서도 강렬하다.

"오늘은 자신이 만들어 보고 싶은 영화에 대한 시놉시스를 한번 써 보도록 한다. 너희가 진짜 감독이 되었다고 생각하는 기라."

"그게 뭔데요?"

원생들이 한목소리로 물었다.

"만들고 싶은 영화의 줄거리를 간략하게 글로 나타내는 기다."

"쌤은 우리에게 가르쳐 주지도 않고 무작정 해봐라, 써라, 명령만 하십니까?"

바람돌이가 일어나 항의하듯, 그러나 진지하게 묻는다.

"아핫핫, 나는 니들을 물가로 인도만 할 뿐이다. 물을 마시는 건 니들이 알아서 해야 발전하지. 무슨 영화를 만들고 싶은가? 그걸 쓰면 되는 기다."

"그래도요. 우린 꼴통이란 말입니다."

"나도 꼴통이었다. 그러니 니들도 스스로 꼴통을 채워 나가도록!"

"저는 그냥 영화 보는 걸 좋아할 뿐이지, 영화의 영자도 모르는데 어쩌지요?"

이번에는 김 감독이 일어나 말한다. 원생들이 일제히 공감의 표시로 손뼉을 친다. 도윤이만 뭔가 열심히 쓰고 있다. 도윤은 작품 품평회에서 언제나 좋은 평을 받는다. 나와는 수준이 다른 것 같다. 갑자기 도윤이 나의 죄명을 알면 어떤 표정일까 궁금해진다. 어쩌면 이미 알고 냉정하게 변한 것인지도 모른다.

"니들 너무 엄살이 심한 것 아냐?"

"쌤은 우릴 모르시는 거예요. 우린 돌대가리에 양아치 출신이거든요. 아햏햏……."

이번에는 김 감독이 일어나 꽤 진지하게 말한다. 그의 말에도 모두 공감한다는 듯 우, 함성을 지른다. 못난 것도 자랑인 줄 아는 꼴통들. 그래도 사랑스럽다. 어쩐지 영화반에 들어와 공부를 하면서 만난 원생들이 진짜 친구처럼 느껴진다.

"나도 세상이 울퉁불퉁하게만 보였던 때가 있었다. 질풍노도라는 말이 달리 나왔겠냐. 이유 없는 반항, 이유 없는 분노에 대해 누구보다 잘 안다. 어쩌면 니들보다 더 심한 일탈을 꿈꾸기도 했다. 나도 혼자 공부했다. 알고 싶고 가고 싶은 길은 내가 찾아 공부했지. 영화도 그렇게 만난 친구다. 정말 깊이 알고 싶어 전문가 과정을 밟은 것일 뿐이고. 나는 너희들도 스스로 무엇을 잘할 수 있는지 발견하길 바라는 기다. 영화반에 들어 온 건 너희들 자신이다. 그러니 도전해 보도록!"

뻗대도 소용없다는 걸 알았는지 모두 공책에 코를 박고 있다. 그러나 영희만은 멍하니 앉아 있다.

"너, 보육원에서 있었던 이야기 그냥 되는대로 써 봐."

내가 넌지시 말을 건넨다. 영희가 눈을 반짝이다가 이내 풀이 죽는다.

"난 언니, 맞춤법도 모르고 솔직히 일기도 안 써 봤는데, 어떡해? 나 영화반에서 나갈까봐. 그냥 일반 소년원에 가서 검정고시 준비나 하면 좋을 텐데……."

내가 생각해도 초등학교도 제대로 못 나온 영희에게는 영화반 공부가 무리일 것 같기는 하다. 나도 무리인 건 마찬가지지만. 그러나 나는 도망치지 않을 것이다. 해보고 싶다. 나는 영희에게 말을 건네는 순간, 섬광처럼 영감이 스친다. 내 이야기를 써 보는 거야.

'살 수가 있나'라는 말이 공용어인 가난한 우리 집 풍경.

공부에 목숨을 건 것처럼 행동하는 언니.

시장에서 반찬 장사하는 엄마.

칠공주파와 모여 있는 꼴만 보아도 깻잎 머리, 노랑머리, 재수 없는 문제아라고 손가락질하며 지나가는 사람들.

아이돌 가수나 모델을 꿈꾸는 다리가 예쁜 나.

그래서 나는 가시엉겅퀴꽃이다.

일단 나오는 사람들의 캐릭터에 좀 더 살을 붙여야겠다고 마음먹는데, 아랫배가 찢어질 듯 아파온다.

영희에게 생리대를 줄 때부터 간헐적으로 느끼던 통증이 좀 더 심해진다. 가끔 아랫배가 뜨끔거리긴 했지만, 정도가 심하다.

인물에게 옷을 입혀야 살아 움직인다는 털보 선생의 말이 떠오른다. 어떻게 옷을 입혀야 할지 몰라 끙끙댄다. 한숨을 쉬며 고개를 든다. 맨 앞에 앉아 있는 도윤을 본다. 몰입하고 있는 도윤의 모습이 부러우면서도 왠지 거리감이 느껴진다.

통증이 점점 더 심해진다. 참을 수 없을 것 같다. 나는 배를 움켜잡는다. 송곳으로 온몸을 찌르는 것처럼 아프다. 등줄기로 식은땀이 흐른다.

"언니, 왜 그래? 쌤! 언니가 이상해요!"

작업에 몰입하고 있던 원생들이 웅성거리고 털보 선생이 달려온다. 거짓말처럼 통증이 가라앉는다.

"괜찮아졌어요."

"병은 자랑하라고 했다. 의무실 갔다 와."

털보 선생이 거의 강제적으로 떠밀다시피 해서 영희와 함께 동아리를 나온다. 도윤이 고개를 돌려 나를 보고 있다. 걱정스러운 눈빛이다. 마음 깊은 곳에 따뜻한 물이 흐르는 느낌이다.

의무실은 작지만 깨끗하다. 가운을 입은 40대 의사가 증상을 묻는다. 눈길은 줄곧 나의 모든 것이 들어 있을 서류에 가 있다. 긴장감에 눈 밑이 파르르 떨린다.

"성매매방지특별법"

의사가 안경테를 올리며 나를 유심히 본다. 족쇄처럼 쫓아다니는 죄명. 지긋지긋하다. 의사가 시키는 대로 간이침대에 눕는다. 아랫배

를 힘껏 누른다. 나도 모르게 비명을 지른다. 뭉클, 뭔가 쏟아지는
것 같다. 불쾌하다.

"언제부터 통증이 느껴졌지?"

"꽤 된 것 같아요."

생각해 보니 아르바이트를 치를 때마다 옅은 통증이 있었던 것
같다. 의사는 고개를 갸우뚱하더니, 간호사에게 산부인과 검진 준
비하라고 한다.

"옷 갈아입으세요."

간호사가 이끄는 대로 커튼으로 가린 곳으로 들어간다. 다시 통
증이 시작된다. 속옷이 온통 붉은 꽃밭이다. 다리가 후들거리고 맥
박이 빨라진다. 소리라도 지르고 싶다. 하지만 목소리를 씹어먹듯
삼킨다.

"올라와서 조심스럽게 걸터앉아."

의사는 어찌할 줄 몰라 쩔쩔매는 내게 냉정하게 말한다. 그의 목
소리만으로도 모멸감이 느껴진다. 날 경멸하는 것 같다. 나는 요즘
들어 부쩍 남의 시선을 의식하게 된다. 상담사와의 거래 후 더욱 그
렇다. 원생들이 모여 나만 쳐다봐도 내 죄명을 갖고 수군거리는 것
같기도 해 일부러 피한다. 허리가 끊어질 듯 아프다.

"그동안 꽤 아팠을 텐데. 간호사, 외부 병원 출입증 좀 끊어요."

"큰 병인가요?"

나는 지레 겁을 먹고 묻는다.

"자세한 건 알 수 없고. 시내 지정 병원에 가서 검사를 받는 게 좋을 것 같다. 몸 관리를 잘했어야지. 여자는 자궁이 생명인데. 쯧 쯧. 어쩌다."

의사의 말이 가시가 되어 내 가슴에 꽂힌다. 나는 성매매범으로 잡혀 온 죄수라는 자괴감이 들 뿐이다.

병원 호송용 버스에 올라서도 통증은 계속된다. 금방이라도 뱃속 작은 폭탄이 터질 것 같다. 나도 모르게 신음을 토한다. 골목에 널 브러져 죽어 있던 얼룩무늬 고양이가 떠오른다. 오소소, 소름이 끼 친다. 날 따라온 경호원들은 차창 밖만 내다보고 있다. 그들에겐 내 가 없는 것 같다. 엄마나 아빠가 내게 관심이 없는 것처럼.

시내에 있는 병원은 제법 크다. 미리 연락해 놓아서인지 산부인 과 진료가 금방 시작된다. 늙은 여의사다. 다행히 하혈은 그친 것 같다. 의사가 내진한 뒤 면담이 시작된다. 판사 앞에 선 기분이다.

"하혈은 언제부터였지?"

"여기 오기 전에요."

"그동안 검사받아 본 적 있나? 검사 결과가 나와야겠지만 의심되 는 부분이 있어서."

의사는 간호사를 불러 균 검사를 위해 조처하라고 이른다. 간호 사는 나를 불러 피를 뽑고 소변을 받아 오라고 한다.

"균 검사를 왜 해요?"

나는 의사에게 묻고 싶은 걸 간호사에게 묻는다.

"테스트해 보는 거예요."

간호사가 심드렁하게 대답한다. 궁금한 게 많지만 이제는 물을 수가 없다.

"검사 결과 이틀 후 나오니까 다시 나오도록 조치할게. 그러나 하혈이 있으면 즉시 병원으로 오도록."

늙은 의사가 강조한다.

내 몸속의 균들도 의사가 두려웠던 것일까. 거짓말처럼 통증이 가라앉았다. 검사 결과도 좋을 것 같은 예감이 든다. 나는 호송차에 다시 오르며 쓰던 시놉시스를 완성해야겠다고 생각한다. 점점 더 영화 수업이 재밌어진다. 새롭게 태어나는 느낌이랄까.

나만의 영화를 꿈꾼다 —

"오늘은 여러분에게 과제를 주겠다."

"숙제는 뭐든 싫어요."

"숙제도 나름이다. 너희가 정말 좋아서 하는 숙제는 피가 되고 살이 될 기다."

"히히히, 난 더 이상 살 찌면 안 되는데……."

바람돌이가 재롱떠는 아이처럼 한마디 거든다.

"너희들이 하나가 되어 공동의 작품을 만들어 보는 기다. 가능하겠지?"

원생들은 무슨 말인가 싶어 털보 선생의 다음 말을 기다린다.

"해마다 청소년 실험영화제가 있다. 거긴 개인 작품은 물론 공동 작업으로 만든 작품도 출품할 수 있다."

"우리도 그런 곳에 작품 낼 자격이 되나요?"

"당연하지. 아니 오히려 너희들이기 때문에 더 가능하다. 지금까지 너희들처럼 살아온 인생은 별로 없으니까. 아핫핫……."

짧게 웃음으로 마무리하던 털보 선생은 갑자기 뭔가 생각 난 듯 양손을 맞잡고 다시 말한다.

"'탈출' 밴드 알고 있지?"

"네! 노래 너무 좋아요."

"그들이 노래로 자기 이야기를 한 것처럼, 니들은 영화로 말 걸기를 시도해 보는 기다."

"노래는 그래도 쉽잖아요. 영화는 어려워요."

"거창하게 생각지 말고, 그냥 너희들 이야기를 영화로 만들어 보자, 라고 생각해라. 너흰 충분히 할 수 있다."

"쌤, 상 타면 뭐 줘요?"

이번에도 바람돌이가 강타를 날린다. 원생들이 '맞아요, 궁금해요.' 외치며 손뼉을 친다.

"상? 중요하지. 어쩌면 감형이 될 수도 있다. 그보다 중요한 건, 너희들 스스로가 자신에게 주는 상이 더 크지 않을까?"

갑자기 진지해진다. '감형'이라는 말을 듣는 순간, 나는 학생이 아니라 갇힌 죄수라는 사실이 새롭게 인식된다. 특별 케이스로 웃고 떠들며 영화 공부를 하고 있고 검정고시를 준비하지만 난 엄연히 죄인이다.

감형되어 좀 더 일찍 이곳을 나간다는 것이 내게는 어떤 의미일까.

불현듯 이 질문이 뇌리를 스친다. 지금까지의 삶이 반복된다면, 생각만으로도 끔찍하다. 이제는 그 길로 다시 돌아가고 싶지 않다. 처음으로 웅과 찢어져 내가 이곳으로 온 것에 대해 다행이란 생각이 든다. 물론 나가면 다시 만나겠지만 이젠 예전과 다를 것이다. 지금의 나에게는 감형이 중요하지 않다. 털보 선생이 늘 말하는 진정한 길 찾기가 우선이다.

털보 선생이 나서 진두지휘를 한다. 진짜 감독처럼 리더십을 발휘하는 모습이 믿음직스럽다. 일단 세 그룹으로 나누어 작업한 뒤, 그중에 가장 좋은 작품을 자체적으로 뽑기로 한다.

나와 지아는 같은 그룹이 된다. 지아의 얼굴이 무척 야위었다. 마음이 싸해진다. 내게 아직도 서운한 걸까. 요즘은 나를 봐도 예전처럼 반기는 것 같지 않아 신경이 쓰인다.

"어디 아프니?"

"아니. 그냥 피곤해."

"작업이 힘드니?"

"재밌어. 어렵지만."

지나가는 말처럼 나는 말이지만, 지아가 정말 피곤해 보이는 것 같다. 팀끼리 모여 우선 무슨 이야기를 할 것인가에 대한 의견을 모아본다. 대부분 자기 경험 속에서 끄집어낸 이야기다. 지아는 조용히 앉아 있기만 한다. 결론이 나지 않아 서로 끙끙대고 있는데 지아가 불쑥 한마디 던진다.

"우린 왜 영화를 보는 걸까? 나와는 다른 세계를 보고 싶어서 아니야? 획기적인 것, 우리 이야기 중에 그런 게 뭘까를 생각해 보면 어때?"

나는 그 말을 하는 지아가 누나 같다는 생각이 든다. '가시엉겅퀴꽃'이라는 닉네임을 말할 때처럼 낯설게 느껴진다. 팀원 모두 지아의 말에 공감한다는 듯 고개를 끄덕인다.

"맞는 말이다. 모든 예술이 마찬가지지만 영화는 특히 더 그렇다. 사람들은 뻔한 이야기는 외면하지."

어느새 왔는지 우리의 말을 끊고 털보 선생이 한마디 거든다.

"어렵다. 그런 게 뭐가 있어?"

"가시엉겅퀴꽃 어때?"

나도 모르게 나온 말이다. 난 지아가 '사람들은 나의 가시에 찔릴까 봐 피하지요.'라는 말에서 힌트를 얻은 것이다. 그때 꽤 충격을 받았던 것 같다. 순간적으로 이 말이 떠오르는 것을 보면.

"웬 뚱딴지 같은 소리?"

"우리 이야기를 할 수밖에 없잖아? 우리가 모두 가시엉겅퀴꽃 아냐?"

"맞아. 사람들은 노랑머리, 깻잎 머리만 보고도 문제아, 양아치, 건달이라고 손가락질하지. 곁에만 있어도 전염병이라도 옮듯 쉬쉬

하는 모습, 가시에 찔릴까 두려워하는 모습과 맞물리면 괜찮을 것 같은데."

털보 선생이 정의까지 내린다. 갑자기 가슴 깊은 곳에서 뜨거운 것이 꿈틀댄다. 할 말이 많을 것 같다. 지아도 미소로 공감의 표시를 한다. 모든 팀원이 각자 역할을 나눈다. 시놉시스는 내가 쓰기로 하고, 주인공을 맡은 지아는 아이돌 가수 지망생답게 랩을 부르고, 털보 선생은 총 책임을, 영희는 노래 가사 중에 비슷한 내용이 있는지 찾아보기로 한다. 다른 원생은 조연 및 소품 준비 등 골고루 분담한 뒤, 손을 마주 잡고 홧팅을 외친다.

"이 작업은 하루아침에 이룰 순 없다. 오늘 여러분 눈들이 반짝반짝 빛나는 걸 보니 힘이 난다. 작업하다 막히는 것 있으면 언제든 조언을 구하도록."

"네, 쌤, 걱정 마세요. 우리는 모든 대사를 랩으로 할 거예요. 한 편의 뮤지컬 영화를 만들 생각입니다. 총 책임은 제가 맡겠습니다. 재밌고도 울컥한 그 무엇인가를 꼭 만들어 보겠습니다."

바람돌이가 일어나 랩처럼 흥얼거렸다. 웃음소리에 동아리 전체가 들썩였다.

'아. 으으……'

갑자기 지아가 아랫배를 움켜쥔 채 공벌레처럼 몸을 웅크린다. 나는 지아의 곁으로 달려간다. 얼굴이 백지장이다.

"왜 그래? 아까부터 안색이 안 좋더니 무슨 일 있지?"

"배가 아파."

"언제부터?"

"괜찮았는데……또 아……프……네…….”

지아의 이마에 진땀이 몽글몽글 맺혔다. 몹시 아픈가 보다. 나는 어찌할 줄 몰라 지아의 팔을 잡는다. 아무래도 의무실까지 데려다 줘야 할 것 같다. 영희가 따라오려는 걸 내가 가겠다고 했다. 그동안 지아와 얼마나 단둘이 있길 원했는가.

"괜찮아."

지아가 참아 보려 애쓰는 것 같다. 전혀 괜찮아 보이지 않았다. 나는 털보 선생에게 양해를 구하고 지아를 의무실로 데려간다. 지아의 어깨에 손을 얹는다. 지아의 어깨가 새처럼 연약하다. 고통스러워하는 모습이 안쓰럽다.

"미안해. 너 마음 상하게 한 것 같아서. 너 때문이 아니라……난 나대로 힘들었어."

"……”

지아가 고통 때문인지 대답이 없자, 나는 더 말을 해야만 할 것 같아 두서없이 떠들게 된다.

"든든했어. 네가 곁에 있다는 게. 근데, 솔직히 이런 곳에서 만난 것이 부담스럽긴 했어. 예전에 우리가 서로를 몰랐다면 여기까지 오게 되지 않았을 것 같기도 하고."

"나도 그래……네 얼굴만 보아도 힘이 났어. 근데……난……

난⋯⋯."

지아가 갑자기 자리에 주서앉는다. 내가 괜히 말을 많이 해서 그
런 것 같아 당황스럽다. 나는 의무실로 달려간다. 의사 선생님과 경
호원이 나와 지아를 안고 들어간다. 놀랍게도 지아가 앉았던 자리
에 붉은 꽃잎이 수를 놓듯 떨어져 있다. 흠칫 놀랐지만 애써 못 본
척한다. 여자들만의 마법에 걸린 거겠지. 그러나 왠지 단순한 꽃잎
같지가 않다. 불안하다.

나는 걱정이 되어 의무실로 간다. 지아가 침대에 누워 있고 하얀
이불을 덮고 있어 깜짝 놀란다. 나와 눈이 마주치자 지아가 손짓한
다. 그래도 다가간다.

"괜찮을 거야. 병원 가면."

"영화 잘 만들어 봐. 넌 잘할 거야. 난 네가 늘 부러웠어. 나와 다
른 것 같아서⋯⋯."

"무슨 말이야? 가시엉겅퀴꽃, 네 아이템이잖아. 병원 갔다 와서
잘 만들어 보자."

호송차가 지아를 데리고 원 밖으로 나간다. 나는 물끄러미 지아
가 탄 차 뒤꽁무니를 바라본다. 지아가 점점 깊은 물속으로 잠겨
들어가고 있다. 순식간에 지아가 물속에 잠긴다. 환상이다. 나는 눈
을 비비고 지아가 떠난 자리를 본다. 경호원만이 로봇처럼 서 있을
뿐 조용하다.

가시엉겅퀴꽃 —

간혹 팬티에 붉은 꽃잎이 보일 때마다 불안하긴 했지만 애써 무시했다. 통증도 참을 만했다. 나는 요즘 영화 수업 시간이 흥미롭다. 털보 선생이 권해주는 책이나 자료는 빼놓지 않고 본다. 시놉시스도 시간 날 때마다 고친다. 팀들과 의견을 나누며 이야기를 만들어가는 과정도 즐겁다. 언니가 책상에 꼬박 앉아 공부하는 이유를 알 것 같다. 스스로 찾아가는 '앎의 여정'에 들어갈수록 희열을 느낀다.

도윤과 함께라서 더욱 흥이 난다. 도윤과 같이 있으면 나도 모르게 새로운 아이템이 떠오르기도 한다. 내가 쓰고 싶은 이야기를 공동 과제로 내놓은 것도 도윤에게 잘 보이고 싶어서다. 나는 도윤만큼 책을 읽었다든가 영화를 많이 본 것도 아니다. 그러나 따라가는 재미가 쏠쏠하다.

그러나 몸이 아프면서 약한 마음만 든다. 아무리 쿨하게! 라고 우겨도 여전히 손가락질 받는 존재라는 자괴감에 괴롭다. 부모도 날 버렸고 하나밖에 없는 언니마저도 외면했다. 지금 내 곁엔 아무도 없다. 도윤은 아직 나의 정체를 모르는 것 같다. 그래서 더 불안하다.

어젯밤에는 통증이 심해 가위에 눌리기도 했다. 옆에 자던 영희가 자다 말고 내지르는 내 신음에 깼다. 영희는 자꾸만 병원에 가보라고 하지만, 왠지 무섭다.

영희는 오늘 수업 빼먹고 병원부터 가라고 난리다. 나는 버텨보려 수업에 나갔다. 수업을 받는 내내 통증이 왔다. 도윤이 나를 보자마자 아프냐고 묻는 걸 보면, 몰골이 말이 아닌가 보다. 나중에는 참을 수 없이 아팠다. 도윤이 나를 의무실까지 데려다준다고 했다. 행복했다. 아프긴 했지만 의무실까지 가며 나눈 대화는 잊을 수 없을 것 같다.

의무실에서 급히 시내 병원으로 이송되었다. 긴박감이 감돈다.

늙은 여의사가 인상을 쓰며 진료실로 들어온다. 수술실에서 오는 것 같다.

"갇힌 환자는 특수하므로 우선으로 진료를 해 줘야 돼. 그래서 외부 병원에선 원생들을 꺼리지."

지난번 병원에서 검사를 마친 뒤, 방에 들어갔더니 방장이 해 준 말이다. 한마디로 반갑지 않은 손님인 셈이다. 나도 병원에 가기 싫었다. 어디든 환영받지 못하는 곳에 가는 건 고문이다.

늙은 의사는 자기 앞에 있는 서류와 내 얼굴을 번갈아 쳐다본다. 눈가에 주름이 자글거리고 볼살이 늘어져서 심통 맞아 보인다. 돋보기를 벗으며 의사는 내게 천천히, 그러나 최대한 무심한 목소리로 진단을 내린다.

"자궁외임신이네. 그동안 많이 아팠을 텐데……."

"그게 뭔데요?"

모르니 당연히 물을 수밖에. 의사는 가당찮다는 표정으로 나의 질문을 무시하고 자기 할 일만 한다. 답답해 소리라도 치고 싶다. 하지만 나는 최대한 겸손한 목소리로 묻는다. 의사는 알 수 없는 말로 웅얼거린다.

아랫배가 도려내는 것처럼 아프다. 배를 움켜잡는다. 뭉클, 밑으로 뭔가 쏟아지는 느낌이다. 앞이 가물거린다. 이를 악물고 의사에게 묻는다.

"말해 주세요. 어떤 상태인지."

내가 심상치 않다 싶은지 늙은 의사가 무뚝뚝하게 대답한다.

"자궁외임신이라고 하지 않았나? 당장 수술해야 하는 중병이라고. 나이도 어린데……어찌 이런 일이……수술 후 불임이 될 수도 있다는 것은 알긴 하나?"

불임은 또 뭔가. 도무지 알 수 없는 말만 늘어놓는다. 마치 내 몸속에 나쁜 균들이 득실거리는 것 같아 불쾌하다.

"꼭 수술해야 하나요?"

"당연하지. 그렇지 않으면 목숨이 위험한데. 간호사, 이 환자 빨리 수술 준비시켜!"

늙은 의사는 뭔가 찜찜한 눈치다. 자꾸 불안해진다. 혹 이대로 내 삶이 끝날 수도 있다는 말일까. 하늘이 무너져 내리는 것 같다. 엄마, 아빠의 얼굴이 스쳐 간다. 그들이 내 곁에 있다면 두려움이 좀 덜할 것 같다. 마지막이라면 이대로 수술을 받을 순 없다. 엄마, 아빠, 그리고 언니를 만나야 한다. 도윤의 얼굴이 떠오르지만 이내 밀어낸다. 도윤이 나의 실체를 안다면. 생각조차 싫다.

아, 나는 왜 이렇게 살았을까.

"수술 후의 모든 책임은 보호자가 져야 하는데, 왜 혼자지? 급한데……여기에 서명부터 하고."

의사가 종이를 내민다. 간호사가 내 손에 인주를 묻혀 준비해 온 서류에 손도장을 찍는다. 등에 식은땀이 난다. 내가 죽을지도 모른다는 생각이 자꾸 짙어진다.

"선생님, 저, 혹시 위험한가요?"

"그건 아무도 몰라. 편안하게 잘된다고 생각해. 자, 얼른! 한시가 급해."

간호사가 내 팔에 주사를 꽂는다. 나는 점점 의식이 가물가물해져 가고 있다. 내 앞에 슬라이드가 펼쳐진다. 그곳에 몇 개의 단어들이 불쑥 나타났다 사라지곤 한다.

성매매, 전문상담사, 자궁외임신, 아기집, 불임.

사라지는 단어들마다 날개를 달고 내게 달려든다. 내가 손을 휘젓자 날개 밑에서 독거미들이 기어 나온다. 시커멓다. 몸통도 엄청나다. 영화에 나오는 모형 동물 같다. 자세히 살펴보니 살아 있는 거미다. 나의 겨드랑이 밑에서 독거미들이 떼로 몰려온다. 시커먼 거미들이 내 살을 파먹고 있다. 아프지 않다. 그렇다고 간지럽지도 않다. 피가 나는 것도 아니다. 그러나 점점 더 내 몸이 거미 떼의 공격에 무너지고, 앙상한 뼈와 퀭한 눈만 남는다.

나의 흉측한 몰골이 아까시나무에 걸려 있다. 지나가던 사람 중에는 돌을 던지기도 하고, 어떤 여자는 손수건으로 눈물을 닦기도 한다. 나는 엄마인가 싶어 나지막이 부른다. 엄마, 엄마, 그러나 입 안에서 소리가 맴돌 뿐이다.

잠시 후, 화장은 했지만 분명 중학생으로 보이는 소녀와 늙수그레한 아저씨가 아까시나무 밑에서 뭔가를 하고 있다. 소녀가 울고 있다. 내 몸을 파고들던 독거미들이 소녀의 몸속으로 떼지어 들어간다. 아악, 소리를 지른다. 안 돼.

아무리 몸부림을 쳐도 내 몸이 말을 듣지 않는다. 발버둥을 친다. 감각이 없다. 한동안 몸부림을 친다. 몽롱한 채 다시 까무룩 잠으로 들어간다.

도윤이 멀리서 내게 달려온다. 그를 잡으려 손을 내민다. 닿을 듯

하면서도 손을 잡을 수 없다. 미, 안, 해. 이명처럼 도윤의 소리가 울린다. 나는 눈을 뜨려 안간힘을 쓴다. 시놉시스 완성해서 영화 멋지게 만들어야 해. 소리치다 지친다. 깊은 동굴 속으로 내 몸이 함몰되어 가는 것 같다.

"어서, 일어나요! 마취가 심했던 것 같네. 지금부터라도 몸 관리 잘해요. 깨끗이 비웠으니까."

의사가 처음과는 달리 다정한 목소리로 말을 건넨다. 오랜 잠에서 깨어난 듯 딴 세상이다. 내 앞의 하얀 벽지가 환하게 웃는다. 왠지 내 몸이 새털처럼 가볍다. 새사람이 된 기분이다. 지금까지 모든 일이 꿈만 같다. 아니 솔직히 말해 기억에서 모두 삭제하고 싶다.

내 앞에 벽지처럼 하얀 도화지가 놓인 것 같다. 난 어떤 그림을 그리며 살까?

세상에 도전하다 _

지아의 얼굴이 해맑다. 왠지 모든 걸 비운 수녀님처럼 보일 때가 많다. 아파서 외부 병원에 다녀온 뒤로 더욱 그렇다. 무슨 병인지는 모른다.

힘이 없다가도 영화반에 들어오면 완전 딴사람이 되는 지아를 보면 놀랍다.

"지아야, 이 시놉시스 좀 볼래?"

지아가 밝아지니, 도윤도 마음이 훨씬 편하다.

지아는 도윤이 건넨 시놉시스를 집중해서 읽는다.

멤버들은 밤마다 모여 땅을 파기 시작했다. 창신동 언덕은 서울 시내를 한눈에 굽어볼 수 있는 야경이 멋진 곳이다. 우리는 그 중심을 파 들어가며 굴을 만들고 있었다. 모두 잠든 시간에 굴을 파기 때문에 아무도 모른다고 생각했다. 우리가 땅을 팠던 건, 단지 사람들의 눈길을 피하고 싶다는 단순한 생각이었다. 그러나 일은 걷잡을 수 없이 커졌다.

"저런 인간쓰레기들 곁에 가면 인생은 종 치는 거다. 절대로 저들 곁을 얼씬거리지 말아야 해."

산책하던 엄마가 딸에게 나지막이 속삭이는 소리를 들었을 때 우리는 모두 이성을 잃었다.

멤버들이 엄마와 딸을 납치해 구덩이에 처넣는 순간부터 우리는 희열을 느꼈다. 신문과 방송은 연일 납치 소식으로 우리를 더 흥분시켰다.

멤버들은 아예 자신들이 파 놓은 동굴 속에서 밖으로 나오지 않았다. 실종자는 자꾸만 늘어났다.

어느 날 폭우가 내리면서 동굴이 일순간 함몰된다. 멤버들은 자신들이 납치한 사람들과 한배를 탄다. 소용돌이치는 물살은 동굴을 더 깊게 파놓은 채 거짓말처럼 겉은 평온하다. 그 여름이 가고 가을이 가고 또 겨울이 가고 봄이 오자 동굴은 흔적도 없는데 동굴 위에서는 붉은 꽃들이 피어난다.

창신동 언덕 위 공원은 온통 붉은 꽃밭이 된다. 잡초 사이에 핀 꽃봉오리는 쩐득거리는 진을 흘리며 가시를 곧추세우고 있다. 어머니와 딸이 산책하다 가시엉겅퀴 곁을 지나다 말고 깜짝 놀란다.

"저 꽃은 보기엔 예뻐도 피해야 한다. 함부로 꺾으려다 큰코다 치지. 가시에 찔리거나 끈끈한 진이 묻었을 때 씻어 내려 할수록 더 달라붙는단다. 친구를 잘못 사귀면 저 가시엉겅퀴꽃처럼 네 인생을 망치니 조심해야 해."

– 김도윤의 '가시엉겅퀴꽃' 시놉시스 중 일부

"약간 어렵기는 하지만, 깊은 우물 안을 들여다보는 것 같아. 좋아."

지아가 진심으로 칭찬하는 중인데, 털보 선생이 들어왔다.

"선생님, 제가 정말 영화를 잘 만들 수 있을까요?"

나는 조심스럽게 털보 선생의 눈을 바라보며 물었다. 확신이 필요했다.

"물론 할 수 있지. 우선 정신력이 중요해. 어제는 없다. 오늘만이 중요하다. 그런 오늘이 모여 내일이 되는 거다. 이런 식으로 자기 암시를 하는 거야, 수시로. 나를 이기지 않고는 아무것도 할 수 없거든."

털보 선생의 말을 들으며 다시 영화를 만들어 보고 싶은 충동이 인다. 털보 선생은 진짜 나의 멘토다.

지아는 시간 날 때마다 나의 영화 작업을 도왔다. 학교보다 더 학교 같은 소년원에서 우리는 찐 동지가 되었다. 새로 태어나는 느낌이다.

영영 올 것 같지 않던 봄이 왔다. 담벼락 밑의 진달래가 진분홍 꽃으로 피기 시작했다. 영희는 끝내 영화반에서 디자인반으로 옮겼다. 그림은 그릴 수 있을 것 같다며 특유의 미소를 짓고 나갔다.

영화 만드는 일 외 할 일이 많다. 다음 달엔 검정고시를 볼 것이다. 남들 3년 공부할 것을 몇 개월 공부해 시험 보는 것이지만, 자신은 있다. 학교와 과정이 비슷하긴 하지만 공부하는 자세부터 달랐으므로. 목표가 있는 공부는 전혀 지루하지 않다. 몰입도 최고다. 무작정 외우는 것이 아니라 이해하려 애썼다.

"도윤이는 책을 많이 읽어서 힘들지 않을 기다. 부지런히 검정고시하고 영화 공부도 열심히 하면 반드시 길이 있을 기다. 요즘은 해외에 나가 공부할 기회도 있고 길은 만들어 가면 열릴 기다. 우선 지금 만들고 있는 영화 잘 만들어서 실험영화제에 내 보도록 하자."

털보 선생의 말은 언제나 힘이 된다. 지금까지 난 목표 없이 살았다. 식물인간이나 다름없었다. 지금은 다르다. 영화가 내 삶의 전부가 되었다. 청소년 영화제에 출품할 작품을 만드는 것. 상상만으로도 흥분된다. 나는 오래전부터 생각한 것을 털보 선생에게 털어놓는다.

"쌤, 가시엉겅퀴꽃을 모티브로 독특한 영화를 만들고 싶어요. 어떠세요?"

"지아가 아이디어 낸 것?"

털보 선생이 잠시 생각하더니, 맘대로 하라면서 한마디 곁들인다.

"무슨 작품이든 의무감에서 하는 건 실패할 확률이 높다. 작품은 숙제가 아니거든. 너만의 창조물이어야지. 잘 만들 거라 믿는다."

"네. 소재와 이미지만 따 오려고요. 내가 하고 싶었던 말을 그려 보고 싶어요."

털보 선생의 도움을 많이 받을 수밖에 없다. 하얀 백지상태인 내가 할 수 있는 건, 지금까지의 경험과 독서로 얻은 지식 외엔 없다. 알아가는 기쁨이 컸다. 처음에는 결과에 연연했으나 작업하면서 그 과정 또한 즐겁고 행복했다.

나는 털보 선생과 작업하면서 한 번도 보지 못한 아빠 냄새를 맡았다. 특히 그의 강렬한 눈빛과 마주칠 때면 섬찟 놀라기도 한다. 엄마도 사진 속 남자의 따뜻한 눈길에 끌렸던 것일까. 영원한 숙제다. 내게 숙명처럼 쫓아다니는 그리움처럼 말이다.

"무에서 유를 만들어 내는 게 예술이다. 청소년 실험영화제는 너희들이 보는 세상을 만드는 것이니까. 다양한 경험자인 네게 훨씬 유리할 수 있다."

청소년 영화제만 있는 게 아니라, 음악, 디자인 분야도 똑같이 있어서 분홍 벽돌집 안이 시끌벅적하다. 꽃이 피어 가고 있는 것처럼 우리 마음에도 봄이 오고 있다.

"원의 방침이 이곳이 정말 너희들의 재활장이 되길 바라는 거겠지. 무늬만 학교가 아니라 진짜 학교가 되길 바라는 것이지. 저기 창밖을 내다 봐라. 분홍 벽돌로 지어진 담 밑에 핀 진달래로 뒤덮인

이곳을 누가 감옥이라고 생각하겠냐. 너희들은 선택 받은 원생이라는 걸 잊지 마라.”

털보 선생의 말에 창밖을 본다. 분홍 꽃밭 가운데 놓인 섬 같다. 사진보다 더 멋지다. 진분홍 진달래들이 바람결에 하늘거린다. 여자 원생들이 머무는 옥사가 마치 깊은 숲속에 자리 잡은 별장 같다. 자퇴서를 내고 나오며 바라본 학교의 회색 벽돌이 떠오른다. 나를 밀어내는 듯한 회색빛 학교가 차가운 감옥 같고, 이곳이 오히려 학교 같다는 생각이 든다. 분홍색 벽돌집 전체가 희망의 물결로 가득 차다.

여자 옥사 옆 화단에도 진달래가 흐드러지게 피어 있다. 시간 날 때마다 해바라기를 하는 지아를 보게 된다. 지아는 부초처럼 거리를 헤매고 다니느라 풀 한 포기, 꽃 한 송이를 마음으로 들여다 본 적이 없을 것만 같다. 꽃보다 더 예쁜 지아인데 사람들은 죄명만으로 그녀를 바라본다. 나는 두 주먹을 불끈 쥔다. 반드시 지아의 진짜 모습을 보여주는 작품을 만들 것이다.

작품 만드느라 밤샘 작업을 해야 하는 날이 많다. 장비도 변변찮지만 최선을 다한다. 포기하고 싶을 때마다 털보 선생은 손을 내밀었다.

“쉽게 얻는 것은 쉽게 사라지는 법이다.”

작품을 시작하고부터는 악몽에서 벗어났다. 대신 힘들어서 잠깐 눈을 붙일 때마다 분홍 치마를 입은 지아가 나타나 소리 없이 웃다 말없이 사라지곤 했다. 지아가 늘 내 곁에서 응원하고 있다는 걸 시시때때로 느낀다.

"지아와 작품을 같이 만든 거니까, 잘될 거야."

나는 지아가 내 앞에 있는 것처럼 소리쳤다.

엄마도 일주일에 한 번씩은 김밥이며 닭튀김 등을 사 들고 와 격려했다. 엄마의 그늘진 얼굴이 점점 밝아지는 것을 보니 살 것 같다.

"목표를 향해 가는 네 모습을 보는 것만으로도 행복해. 요즘처럼 엄마 맘이 편한 날이 없다. 기대한다, 너의 새로운 의지가 담긴 영화."

이 말과 함께 엄마는 내게 작은 책자를 건넨다.

"방송에서 만난 감독님이 주신 거야. 영화 공부 제대로 할 수 있는 방법을 물었더니 주시더라. 훑어보고 생각해 봐. 엄마는 어깨가 부서져도 너를 위해 지원해 줄 수 있어."

"엄마, 죄송해요."

나도 모르게 울먹였다. 웅과 함께 들개처럼 돌아치느라 새벽까지 집에 들어가지 않은 날, 밤새 날 찾아다니던 엄마를 만났을 때가 떠올랐다. 엄마는 말없이 날 안고 뜨거운 눈물을 흘렸다. 그 후로도 수많은 날을 흔들리던 날 지금까지 엄마는 포기하지 않았다. 엄마의 가슴을 해부하면 시커멓게 탄 흔적이 역력할 것이다. 그런데도 끝까지 날 믿어 준 엄마. 가슴이 먹먹해 더는 말을 잇지 못하고 들어왔다.

방으로 들어와 엄마가 건넨 종이를 살핀다. 북경 영화학교에 대한 안내서다. 놀랍다. 나의 진로에 대해 이토록 구체적으로 신경을 쓰고 있다니. 역시 엄마다.

人生就是电影 삶을 영화처럼,
电影就是人生 영화를 삶처럼

북경 영화학교 안내서에 적힌 문구가 가슴에 와닿는다. 미래의 내 모습이 보인다. 당당한 내 모습을 상상하는 것만으로도 설렌다. 반드시 그 길에 닿을 것이다. 그동안 있었던 일들이 주마등처럼 스친다. 철창 순례를 통해 많은 걸 배웠다. 질풍노도의 어제를 씻어내고, 모든 더러운 것을 빨래하듯 오늘을 살다 보면, 내일은 빛날 것이다. 뽀송뽀송 잘 마른 수건처럼.

드디어

청소년 실험영화제가 펼쳐지는 날이다. 원 전체가 술렁거린다. 각자 준비한 것을 보여 줄 각오가 대단하다. 어쩌면 원생들끼리 경쟁을 하게 될지도 모른다. 영화만 해도 그렇다. 바람돌이는 물론 두각을 나타내지 않던 원생들도 밤샘하며 작품을 만들었다. 아무래도 '감형'이라는 특상품이 힘을 발휘하는 것 같다. 상은 그리 중요하지 않다. 목표를 갖고 도전했다는 것과 지아와 함께했다는 것만으로도 충분하다.

얼마 전 면회 온 엄마가 지나가는 말로 웅의 소식을 전했다.

"웅이 또 한 친구를 물고 들어간 것 같더라. 이번에는 왕십리파 애들과 싸우다 상대방을 많이 쳤는가 보더라. 유치장에 수감되었다는데."

웅이 물고 들어간 애도 나와 같은 전철을 밟을까. 그럴 것이다. 끔찍하다. 늪에서 나오려 애쓴 시간이 스치자 눈가에 이슬이 맺힌다. 내 인생에도 DELETE 가 허락된다면 지워버리고 싶다. 모든 것의 모든 것을.

영화제가 있는 도시로 떠나기 위해 호송차에 오른다. 내가 먼저 오르고 지아가 뒤따른다. 내 곁에 앉은 지아가 떨리는 목소리로 말한다.

"도윤아, 고마워."

"나도 고마워. 우리 이제 사람들이 피하는 가시엉겅퀴꽃으로 살지 말자."

들릴 듯 말 듯 속삭이는 내 말에 지아가 옅은 미소로 답한다. 진짜 동지가 된 느낌이다. 아지트 이웃일 때와는 차원이 다른 동질감이다.

호송차가 미끄러지듯 분홍 벽돌집을 나선다. 원을 둘러싼 울타리에 핀 봄꽃이 화사한 미소로 반긴다. 차창가에 비친 아침 햇살이 눈부시다. 나와 지아의 앞날을 축복하듯. 찬란하게.

작
가
의
말

질풍노도의 길을 걷다 회색 벽돌집에 갇힌 청소년들을 만난 적이 있습니다. 어린 나이에 세상 모든 짐을 짊어진 듯, 지치고 힘든 모습이었습니다. 세상을 향한 절망으로 이미 자신을 포기한 아이도 있었습니다.

 푸르른 청춘들이 왜 회색 벽돌 속에 갇혀야 하는 걸까?

 이 질문으로부터 소설은 잉태되었습니다.

 언론에서 촉법소년 문제라든가 청소년 범죄 문제가 제기될 때마다, 안타깝고 아팠습니다. 어른들에게 주는 강한 메시지로 들렸습니다.

 내가 하고 싶은 말은 예나 지금이나 같습니다.

 "문제아는 태어나는 것이 아니라, 만들어지는 것이다."

 "우리 사회가 믿고 지지해 주면, 패륜아일지언정 반드시 돌아온다."

 이 마음으로 새로 쓰듯 개정판 원고를 다듬었습니다.

개정판을 낼 만큼 할 말이 남았는가? 많이 생각하고 고민했습니다. 질풍노도의 길을 걷는 청소년, 그리고 흔들리는 자녀 때문에 힘들어하는 부모님들에게 손을 내밀고 싶었습니다. 이 글은 작가의 상상이 아닌, 직접 발로 뛰며 가슴으로 쓴 소설이라는 고백을 드리면서 말입니다. 가지 않아도 되는 길을 걷는 건, 모두에게 힘든 일이니까요.

　개정판을 내주신 단비 출판사 김준연 대표님께 머리 숙여 감사드립니다.

2022년 푸르른 5월에
대학로에서 박경희